Universale Economica Feltrinelli

W0319295

DOMENICO STARNONE
FUORI REGISTRO

Feltrinelli

© Giangiacomo Feltrinelli Editore Milano
Prima edizione nell'"Universale Economica" settembre 1991
Quarta edizione febbraio 1992

ISBN 88-07-81186-3

A Federico, Rosa, Viola

Allor

1.

Questa mattina mi sono distratto e ho cominciato a fischiare in classe. Stavo sostituendo un collega assente e gli studenti si industriavano in vario modo: chi ripassava un po' di francese, chi ragioneria, chi giocava a battaglia navale, chi vagava da un banco all'altro, chi infilava pezzetti di carta nel pullover di qualche compagno, chi inseguiva non so chi altro per giustiziarlo. Io guardavo dalla finestra, ma non vedevo niente: i vetri erano opachi di vapore. Allora ho cominciato a fischiare.

Ora vorrei scrivere cosa fischiavo, ma non lo so. A sentirmi mi sono interrotto con un sussulto. Ho temuto che qualcuno mi gridasse: "Manigoldo, non si fischia in classe," e mi mandasse in castigo dietro la lavagna. O fuori, in corridoio, intimandomi: "Davanti alla porta, sull'attenti, senza muoverti d'un passo".

Ho provato un terrore che sapeva di gomma per cancellare, pennino Cavallotti, calamaio, carta assorbente. Sono oggetti che non uso più da tempo. Mi sono rimasti solo i vocaboli e molte confuse emozioni.

Cerco di mettere ordine, ma non mi riesce. Come potrei? So di nutrire molto affetto per certe parole: cartella, portapenne, pastello, maestra Magliaro. Ma se sgancio il fermo di metallo che teneva chiusa la 'cartella', mi sfinisco per l'umiliazione. E se dico: 'maestra Magliaro', certo mi commuovo: ho amato intensamente la donna che è sepolta dentro queste lettere; ma so subito che l'ho amata di un amore angosciato, umido di sudori freddi. E perciò non provo nessuna nostalgia di quella maestra, né del tempo che ho trascorso con lei, né della sua voce che insegnava questo e quello.

Piuttosto ho nostalgia dell'inverno che deve pur esserci stato, prima che la Magliaro me lo abbinasse a un fastel d'aridi ciocchi, a un fringuello irrigidito; o dell'estate, prima che fosse estate di pesche vellutate e appena tocche, di ciliegie lustre e fresche, ben divise a mazzi e a ciocche; o di orti, prima che diventassero muti e solinghi come sentinelle dentro la garitta.

Il vetro della finestra era gelido, questa mattina, e vibrava per il vento. Ho pensato che, scavando a fondo, avrei potuto trovare lo strato della memoria che conserva le parole della maestra Magliaro così come suonarono la prima volta stupendoci, prima che ricevessero una definizione e ci definissero. Mi è tornato in mente solo l'inizio di un verso. Ho scritto sopra il vapore che mi nascondeva la squallida parete dell'edificio di fronte: "Odio l'allor". Ma non sapevo da dove si fossero staccate quelle parole. Di spezzoni così ne ho in testa molti, come relitti dopo un naufragio. Vengono tutti dai primi anni di scuola: ben lo sappiamo e il vento ce lo disse, van per il campo i validi garzoni, veggio le lievi paglie andar volando. Quando affiorano li associo all'ansia di sbagliare, alle braccia conserte per ore, a rispettose posizioni del corpo seduto o irrigidito sull'attenti.

"Odio l'allor," mi hanno fatto declamare da piccolo. Quale allor? L'alloro? L'allora?

Ho segnato ghirigori sul vetro con l'unghia, mentre da qualche parte della testa ora mi arrivavano ambrosi fiati che la Poesia soffiava dall'eterne sue sedi primaverili; e un albero, che rinverdiva or ora.

"Ambrosi fiati." Li ho lasciati spirare con tenerezza e disgusto tra l'alloro e l'allora, finché una ragazzina quindicenne, che stava facendo parole incrociate in solitudine, mi è venuta a chiedere: "La cerimonia di quando ci si sposa è nunziale?"

Ho risposto: "Sì, nunziale, come no".

Ha protestato: "Non va bene. Ha otto lettere. C'è una lettera in più".

"Meglio abbondare," l'ho consolata.

Poi ho passato il palmo della mano sul vetro appannato. Fuori non c'era niente o almeno così mi è sembrato.

Ho spiegato:

"No, nunziale no. Senza la enne. Si scrive nuziale. Le nozze. La marcia nuziale." E le ho chiesto: "Conosci una poesia che si chiama *Pianto antico*?"

Macché.

Mai sentita nominare?

Mai.

Ma aveva studiato le poesie a memoria, alle elementari?

Sì, ne aveva studiate. Se ne ricordava una in cui il poeta si chiedeva a occhio e croce: "Chi è più potente del vigile urbano? Ferma il tram con una mano, con un dito alto e sereno tiene indietro un autotreno, cento motori scalpitanti li mette a cuccia alzando i guanti..."

A 'motori scalpitanti' l'alunna ha avuto un moto di commosso ribrezzo. Ho capito che anche lei custodiva memorie affettuose e dolenti. M'è venuto di nuovo da fischiare e dopo un po' fischiava anche lei.

Ora vorrei scrivere cosa abbiamo fischiato, ma non lo so.

2.

Quando il fratello di mio padre si sposò, scoprii che ci si sposava.

La cosa andò a questo modo: per sposarsi lo zio chiese a mia madre di vestirmi con pantaloni bianchi lunghi, un giacchetto anch'esso bianco e un cravattino di raso. Lei lavorò col ditale, con l'ago e con la Singer mentre giocavo a infilarmi uno spillo sotto pelle o mi mangiavo di nascosto le paillettes che servivano per il suo vestito da cerimonia. Tagliò, cucì, scucì e mi fece provare ripetutamente il giacchetto ora senza maniche, ora con le maniche, prima di sfilare l'imbastitura, lavorare a punto fitto e ribattere le cuciture col ferro caldo.

Dopodiché, vestito di nuovo come le brocche del biancospino, fui condotto a casa di una zia Carmela quasi sconosciuta a tutti, anch'essa in bianco, ma con veli e fiori d'arancio dalla testa ai piedi. Lì mi fu ordinato di reggere lo strascico del suo abito nuziale insieme a una bambina bruna, apparecchiata esattamente come la sposa.

"Che bei sposini, che bei sposini," dissero molti parenti a me e alla bambina, che non ho visto mai più in vita mia. Quindi tutti marciammo in chiesa, dove trovammo anche lo zio e molte candele.

Durante il percorso, osservai a lungo la mia compagna col sospetto che ci stessimo sposando anche noi: era bruna, paffuta, aveva sopracciglia nere e occhi neri. Non mi piaceva. Allora mi piaceva Fiore, che era di struggente bellezza, aveva capelli molto biondi e occhi turchini. M'immaginai che fosse lì, al posto di quella bambina bruna, e che stessimo andando a sposarci noi due. Non mi sarebbe dispiaciuto se la maestra fosse venuta a vederci e a batterci le mani.

La maestra Magliaro era misteriosa, specialmente nel linguaggio.

"I miei pargoli," ci diceva. E solo in seguito ho capito che credeva di essere nostra madre. Ma non era materna con tutti: c'erano i figli e c'erano i figliastri. Per esempio accarezzava soltanto la testa di Fiore e la lodava con parole strepitose: dorata, setosa, orichiomata.

Non ero sicuro del senso di quelle parole, ma le approvavo silenziosamente. A dire il vero, erano parecchie le parole che non capivo. Ogni giorno tentennavo di fronte alle città dirute, ai vampi del meriggio, all'opre dell'ingegno. Ma quando la maestra definiva la testa di Fiore orichiomata o anche oricrinita, pensavo: è proprio orichiomata, è proprio oricrinita; e intanto ero rapito da Fiore che aveva morbidi boccoletti biondi intorno a un viso roseo di onice, immobile e assente quanto quello di certe bambole che sembrano bambine appena morte.

Non mi era toccata una testa altrettanto bella, tuttavia la maestra aveva oscure parole anche per me. I miei capelli erano fatti per la striglia, diceva. Inoltre mi aspettava un futuro da manigoldo. Me lo aveva chiarito fin dal primo giorno di scuola:

"Manigoldo!"

Poi mi aveva mandato dietro la lavagna dove avevo trovato, oltre all'asse di legno che reggeva il cavalletto, una parete scrostata e un tappeto di granone sulle mattonelle sconnesse. Lì la maestra Magliaro mi aveva lasciato inginocchiato a piangere un tempo che adesso, mentre scrivo, è di una decina di minuti, ma allora dovette durare tutte le lacrime che avevo e un sudore gelato da prossima perdita dei sensi.

Motivo: mia madre, poco pratica di scuola, mi aveva messo una mela nella cartella dicendo: "Mangiatela se ti viene fame". Mi era venuta fame subito, mentre la maestra ci stava insegnando l'*Ave Maria* nel caso che fossimo figli di miscredenti e non la conoscessimo.

Malissimo. Nel vedermi addentare la mela aveva voluto sapere chi mi aveva fatto così maleducato. Subito dopo mi aveva ordinato: "Sputa quello che hai in bocca," anche se si vedeva che avevo già ingoiato. Quindi si era indispettita e mi aveva imposto di andare a gettare nel secchio la mela.

A quel punto io – che avevo le lacrime facili – mi ero accorto che la maestra si appannava come se stesse dietro un vetro e nell'aula piovesse a catinelle. Lei mi aveva ugualmente gridato: "Non si mangia mentre parla la maestra. In ginocchio sul granone." E aveva elencato tutte di seguito le cose mie che appena mi aveva visto non le erano piaciute: le scarpe, non solo perché sformate ma perché impolverate; la cartella, che non era regolamentare (di fibra, cioè, da portare a tracolla, o di tela scozzese con manico di pelle), ma anomala, di una stoffa grigia che aveva cucito mia madre a forma di cartella e che, in aggiunta, mostrava da un lato un Pinocchio dipinto a colori vivaci da mio padre; lo stato di scarsa igiene; e i capelli. "Orripilanti," li aveva definiti, prima di passare a gridarmi: "Alla striglia!"

Poi, mentre ero dietro la lavagna, mi erano arrivate le lodi che per la prima volta stava rivolgendo a Fiore.

La sentii dire: dolce, fulgente.

E Fiore, con una vocina curata che scandiva per intero le parole suono dietro suono, anche le vocali finali, le svelò, facendola felice, che sapeva già tutto sui mesi dell'anno. Gennaio, le disse, mette ai monti la parrucca, Febbraio grandi e piccoli imbacucca, Marzo libera il sol di prigionia, April di bei color gli orna la via...

A me i capelli della maestra Magliaro parevano belli. Non bellissimi come quelli di Fiore che erano una cosa rara, ma nemmeno comuni come quelli, per esempio, di mia nonna che erano normali capelli neri con qualche ciocca grigia. La maestra me la ricordo invece con capelli color zafferano, di un'età tra i due e i trecento anni, vestita di maglie e magliette a colori vivaci – il giallo, il verde – e sul viso e sulle mani una pelle di celluloide che tendeva al celeste, in specie quando si distendeva su pallide vene e venuzze.

Parlava e parlava ma, mentre parlava, o sferruzzava dedicandosi alle sue maglie o cuciva coccarde tricolori che poi assegnava in premio ai migliori: a chi amava la patria; a chi pregava per il papa, per De Gasperi e per la bandiera italiana; a chi recitava bene le poesie, per le quali andava matta.

Per una di quelle coccarde tricolori, ero disposto a tutto. Non pensavo un solo pensierino che potesse dispiacere alla maestra. Ma parole ne dicevo pochissime; non riuscivo a dirgliele e soffrivo. Le pensavo ma tacevo, e d'altra parte se non parlavo come facevo a guadagnarmi l'affetto della maestra, a meritarmi la coccarda, a stabilire un contatto a tu per tu con Fiore?

Fiore sedette accanto a me nel banco per un anno e mezzo. Ci restò fino al giorno in cui non ci separarono brutalmente – nella primavera della seconda elementare, quella che – imparammo a memoria – porta ghirlandette di farfalle e campanelle di vilucchi: un vocabolo, questo, di cui ignoro il significato ancora oggi.

Emanava un profumo di buono – diceva di Fiore la

maestra – e io lo respiravo come un privilegio. Non ci guardavamo, non ci parlavamo. Temevo che lei ci bacchettasse.

Accadde spesso, in principio, che molti dicessero: "Fiore, siediti qua". Ma Fiore fece presto l'abitudine a sedere vicino a me e decise di non cambiare. Ne fui felice. Tracciai mentalmente una linea di confine e me ne stetti nel mio territorio senza mai sconfinare. Fiore fece lo stesso. Eravamo capaci di stare fermi nella stessa posizione per ore, il busto eretto, le braccia conserte, esattamente come voleva la maestra. Non so se Fiore lo facesse perché era una statua di sale. Io resistevo per piacerle e per paura delle bacchettate.

La maestra Magliaro, infatti, aveva una nera bacchetta d'ebano. "È d'ebano," diceva colpendo lievemente la cattedra. "D'ebano" si compiaceva e con quella bacchetta spesso e volentieri colpiva, ma non lievemente, anche noi.

Dopo un po' mi convinsi che era una fortuna non dover conoscere altre bacchette più meschine, in uso sicuramente presso gli altri insegnanti. Infatti la maestra pronunciava 'ebano' in modo tale, che anche adesso una parte di me pensa: che portento dev'essere quest'Ebano. "Un mago, un gigante" credevo che fosse, e mi immaginavo che Ebano le avesse dato la bacchetta in premio, per come faceva bene la maestra.

D'altra parte, poiché non le venne mai in mente di spiegarci cosa fosse l'ebano, per lungo tempo seppi solo che quella parola elegante in forma di bacchetta faceva meno male sul palmo della mano e più male sul dorso. Ma non bisognava lagnarsi: era il meglio in circolazione.

Fiore non riceveva mai bacchettate. Aveva certe mani delicate che a volte la maestra si portava alla bocca e quasi baciava dicendo: che belle manine pulite, che bel profumo. Grazie a quelle sue mani vellutate, la maestra lasciava che toccasse la bacchetta quando e come voleva: consentiva che lo facesse perché era certa che, con le sue movenze graziose, non gliel'avrebbe rovinata.

Io invece, se volevo avere contatti con quell'oggetto, dovevo prendere bacchettate. Le prendevo per molti motivi: perché qualche volta mi dimenticavo di dire: "Buongiorno, signora maestra," quando entravo in classe; perché qualche altra risultava che avevo le unghie sporche o il collo nero; perché qualche altra ancora macchiavo il quaderno con l'inchiostro.

La mia vita era fatta di bacchettate e pianti, pianti e bacchettate. Le più forti le presi dopo che la maestra Magliaro ebbe domandato a noi tutti: "Chi sa una poesia?" e io alzai la mano per informarla: sapevo una poesia che mi aveva insegnato mia nonna e che faceva così: "M'hanno rotto la mia cesta, ullèro ullèro".

Bacchettate. Bacchettate.

Alla maestra piacevano moltissimo le poesie, ma non come quella che conoscevo io. Ce ne insegnò una che cominciava con la seguente domanda: "Chiccolino dove vai?" Chiccolino rispondeva: "Sottoterra non lo sai?" L'interrogante si meravigliava: "Sottoterra e non fai nulla?" Chiccolino precisava: "Dormo dentro la mia culla". L'altro insisteva: "E se tanto dormirai, Chiccolino che farai?" Chiccolino allora rivelava: "Una spiga metterò, tanti chicchi ti darò e buon pane ti farò". Chi la diceva meglio guadagnava una coccarda.

Ma per la Magliaro, Fiore la diceva meglio di tutti, tant'è vero che spesso si producevano in un duetto ben affiatato. Lei chiedeva:

"Chiccolino, dove vai?"

E Fiore rispondeva, in piedi accanto a me sulla panca, con le gambe tornite che spuntavano da sotto al grembiule e finivano armonicamente in bei calzini sempre bianchi:

"Sottoterra, non lo sai?"

La Magliaro, allarmata:

"Sottoterra e non fai nulla?"

Fiore, dondolandosi graziosamente:

"Dormo dentro la mia culla".

La maestra, con ansia:

"E se tanto dormirai, Chiccolino che farai?"

Fiore, per calmarle l'ansia:

"Una spiga metterò, tanti chicchi ti darò e buon pane ti farò".

Alla fine si abbracciavano per l'entusiasmo.

Anch'io avrei voluto essere abbracciato da Fiore. Dalla maestra no: ormai mi pareva impossibile. Non abbracciava nessuno. Solo Fiore.

Quel chicco sbucava quando meno te l'aspettavi. Contadini, mulini, zappe, aratri, fornai, massaie infarinate, il papà, la mamma, i fratellini raccolti intorno al desco erano sempre in ginocchio a ringraziare Chiccolino che in silenzio provvedeva. Non si poteva addentare un pezzo di pane senza che la maestra ci ricordasse quel chicco claustrofobico, mortuario, che soffocava sotto la zolla.

Io mi immaginavo Fiore che, stringendo sul cuore il più caro dei suoi cari balocchi, ormai di color bianco sulle guance – aveva del rosso solo sui ginocchi, – covava spighe sottoterra; in specie a partire da quando la maestra ci fece mandare a memoria che sotto le zolle era meglio venirci con la testa bionda, ansanti, molli di fanciullesco sudor, per farsi un sonno placidi e soletti.

A quella fantasia, mi rattristavo e insieme godevo, come quando la classe andava nel bagno in fila per due, io e Fiore in testa, la mia mano nella sua manina paffuta, e c'era un inquietante odore di orina. Poi bisognava tornare al banco e separarsi, io di qua, Fiore oltre confine.

Guai a chi sbagliava e non si ricordava della fatica assidua, lunga, operosa di quel chicco. La maestra Magliaro aveva sempre a portata di mano una boccetta d'alcol denaturato e dell'ovatta. La mattina passava un batuffolo ben intriso sul ripiano della cattedra e si spandeva per l'aula un temibile odore di malattia, di febbre alta, di iniezioni.

Quell'odore, che già mi dava il mal di pancia, diventò ancora più carico di minaccia quando Chiarolanza, credendo di essere un Orazio, portò a scuola un'asta di metallo nero strappata allo scheletro di un vecchio ombrello. Con quella spada acuminata cercò di uccidere Fiore declamando fuori di sé: "La situazione è critica: resta un Orazio solo. Ma questi è ancora valido, mentre i due altri – arditi! – è vero, ancor combattono, ma sono già feriti..."

La maestra lo bacchettò ben bene con la bacchetta d'Ebano e poi lo minacciò col batuffolo d'ovatta intriso d'alcol.

"La prossima volta," gli disse, "te lo ficco nel naso." Aspettammo col fiato sospeso che cambiasse idea e lo facesse subito. Invece ci chiarì: non lo faceva adesso perché Chiarolanza aveva mostrato di conoscere a fondo i versi che lei ci aveva obbligato a mandare a memoria; quindi lo graziava; però presto o tardi l'avrebbe fatto; a lui e a chiunque altro volesse fare da grande l'assassino, rovinandole la reputazione.

La maestra Magliaro teneva alla reputazione. Non escludo, dal numero incredibile di misteriose poesie che ci costrinse a mandare a memoria facendocele ossessivamente ripetere, che avesse anche una sua genuina passione per tutto ciò che era in versi: se uno ricordava bene le poesie e le recitava con partecipazione, si mostrava molto contenta, anche se il livello della recitazione non era da coccarda tricolore. Ma teneva soprattutto a fare bella figura col direttore quando veniva in ispezione. Inoltre, sempre per amore della bella figura, costringeva spesso i migliori tra noi a esibirsi in altre classi per mostrare a maestri e maestre che sapevamo recitare poesie ignote persino ai bambini della quinta. Con una collega, anche lei di duetrecento anni o forse più, era in gara senza risparmio di colpi. Spesso ci faceva esibire per far dispetto a quella e poi, se la maestra criticava, diceva tra sé e sé: "Tossicomane isterica. Fiuta l'aria come uno stupefacente".

Naturalmente ci addestrava servendosi di molti tormenti. Ora, mentre scrivo, non mi ricordo di tutte le torture. Credo che sia stata lei a farmi riassumere un numero infinito di volte la storia del barrocciaio che incontra una donna bellissima e assetata. Ma il pover'uomo disgraziatamente non ha un bicchiere per dissetarla, sicché la donna bellissima, che era la Madonna, prende una campanula e si fa dare da bere lì dentro, apposta per battezzarla 'tazzettina della Madonna'.

Ma non è cosa certa. Non è certo nemmeno che fosse proprio lei a ossessionarci con Chiccolino. Le succedette il maestro Bonanni e forse fu lui a pretendere il riassunto della storia del barrocciaio. Per esempio, sicuramente è stato Bonanni a farmi coniugare al trapassato remoto per iscritto: "Io ebbi guardato dalla finestra lo sfarfallio della neve; con lo sguardo ebbi seguito una falda; la falda ebbe oscillato e fu caduta sulla strada bianca. Tu avesti guardato dalla finestra lo sfarfallio della neve; con lo sguardo avesti seguito una falda; la falda ebbe oscillato e fu caduta sulla strada bianca. Egli ebbe guardato dàlla finestra..." Questo in un posto dove la neve non cadeva mai e, se fosse caduta, mai sarebbe caduta sfarfallando a falde. E soprattutto non l'avrebbe mai fatto sempre, ottusamente, in ogni suo movimento, al trapassato remoto.

D'altra parte che differenza fa sapere chi davvero è stato, quali furono esattamente le parole e quali esattamente i versi? Tutto nella sostanza è veramente, definitivamente accaduto. Accadde allora. E ora è difficile dire con precisione: la Magliaro era così e così, diceva e faceva questo e quello, l'ho amata, non l'ho amata, le sono grato, la odio. Ho in testa tutte le elementari come un'ora sola, mescolo i tempi e i luoghi, confondo i suoni con gli odori e i colori, conservo versi che non so quando ho imparato per la prima volta. Ma allora mi aggrappavo a ogni verbo, a tutte le persone sia singolari sia plurali, al modo, al tempo, al nome astratto, a quello concreto, al nome comune di cosa, a quello di persona maschile o femminile, come Fiore, che forse era un cognome. E lo facevo con una diligenza tanto più cocciuta, quanto più essa non era mai premiata. Sicché è sufficiente dire: 'allora'; anche se l'allora è infido, indietreggia mentre avanzo, è il tempo dell'approssimazione che, oscuramente, si manifesta come complemento di luogo: la meta d'una marcia forzata della memoria, verso cui ora mi incammino. E per strada mi imbatto in un profilo della maestra che declama: "Odio l'allor, che quando alla foresta le novissime fronde invola il verno..."

Adesso scrivo 'allora' per capire cosa mi è passato per la testa stamattina in classe, accanto al vetro appannato dai termosifoni, mentre la ragazzina dell'enigmistica mi chiedeva: "Nunziale?" Ma scopro che non so di preciso quell'ora dov'è. Sento soltanto che l'aere è fosco, il cielo è muto, ed io, sul tacito veron seduto, in solitaria malinconia, ti guardo e lagrimo, Venezia mia!

Ma la Magliaro non è soddisfatta e sferruzza veloce. Il gomitolo viola si muove sul pavimento come un animale inquieto prossimo a gelare in una luce di piombo; e intanto, fra i rotti nugoli dell'occidente, il raggio perdesi del sol morente, e mesto sibila per l'aria bruna, l'ultimo gemito della laguna.

Sgobbo, declamo, mi alleno. Contro la luce spettrale, disegno persino. Disegno la bandiera italiana – che taglia con l'asta la sagoma della penisola. È lei, la Patria!, parola sì breve, sì grande fra tante parole, che brilla di foco e di neve, e odora di scogli e di aiole. Disegno e disegno e disegno, curvo sul quaderno, con i pastelli Giotto le cui punte lasciano una traccia multicolore in alto, all'interno della scatola. Disegno l'Italia – la luce ai suoi figli l'han data il suo sole e il suo cielo; la vampa i vulcani vermigli; la tempra i massicci del gelo – e la coloro di rosso. L'asta della bandiera, che è una specie di scuro palo del telegrafo, l'attraversa da Roma a Ravenna e arriva quasi in Jugoslavia, anche se la Jugoslavia allora non sapevo nemmeno che esistesse. Il verde, il bianco e il rosso galleggiano sull'Adriatico. Ma sbuffo, lascio sbaffi, la mano tremola, stringo la lingua tra i denti, dimentico mentre imparo e così imparo soprattutto un senso di insufficienza che sa di inchiostro, di 6 buttato lì, di alcol, di fucilata nel palmo della mano, di ferita sanguigna che brucia, di pizzicore al naso, di pronto soccorso: per la rondine che tornava al suo tetto; l'uccisero: cadde tra spini: ella aveva nel becco un insetto: la cena dei suoi rondinini.

3.

"L'Italia non è rossa," mi rimproverò cupa la maestra quando, ormai in seconda elementare, le portai il disegno della penisola. Era dicembre che ammazza l'anno e lo sotterra? O la primavera incipiente di marzo, che nei versi viene sempre danzando: vien danzando alla tua porta, sai tu dirmi che ti porta?

Bacchettate. Il granone, dietro la lavagna. Un 5, con molto pianto. Qualcosa mi portò di certo, la primavera, quando scoprii che secondo la Magliaro il pastello rosso non si addiceva alla penisola.

"L'Italia è verde," mi disse mentre piangevo come un rubinetto aperto. E mi mostrò l'Italia di Fiore che era verde. Quindi, infelice, si girò per tornare alla cattedra. Fu allora che Fiore scompose, per la prima volta dopo quasi due anni, la sua posa da cammeo e mi carezzò i capelli orripilati. Poi mi invitò a casa sua per allenarci a recitare *Pianto antico*.

Non mi parve vero. Fiore viveva in una casa molto ordinata. La madre mi diede pezzuole di lana e mi insegnò gentilmente a usarle: bisognava servirsene per scivolare sul pavimento passato a cera senza rovinarlo con la suola delle scarpe. Mi riuscì straordinariamente bene e fui molto lodato. Quella signora mi diede anche un bicchiere d'orzata. Poi ci introdusse in una stanza dove teneva gli scuri semichiusi per impedire al sole di sbiadire la stoffa del sofà.

Nemmeno un minuto dopo arrivò la sorella di Fiore, che aveva – mi disse subito – tre anni. Anche lei bionda, anche lei che profumava di buono, si mise in un angolo a giocare con una bambola di pezza. Non avevo mai visto una sorella: sorelle non ne avevo, solo fratelli. Mi ricordo denti bianchissimi, occhi molto furbi, un aspetto più soffice di quello di Fiore. Aveva un vestito a quadrettini azzurri che, quando si accovacciava, di dietro sfiorava il pavimento e davanti se lo tirava sopra le ginocchia. Gliela invidiai, a Fiore, che se ne accorse e disse che me l'avrebbe regalata se fosse stato possibile, ma la mamma non aveva l'intenzione di privarsene. In compenso voleva darmi una cosa. Andò a prendere una scatola di cartone, di quelle per le scarpe, l'aprì e mi mostrò, sgualcite, arruffate, scucite, tutte le coccarde tricolori che aveva conquistato in un anno e mezzo di scuola elementare.

"Tieni," mi disse con l'aria di chi spregia la gloria e odia l'allor, che quando alla foresta le novissime fronde invola il verno, ravviluppato nell'intatta vesta verdeggia eterno, pompa dei colli. Questa 'pompa' o 'pompetta' era per me con assoluta certezza un oggetto di gomma munito di un becco nero che si riempiva di acqua tiepida e serviva a lavare l'intestino. Mi chiedevo perché la usassero anche per i colli.

"Prendile," tornò a insistere.

Risposi no, disse sì, risposi no: se la maestra Magliaro lo avesse saputo, mi avrebbe ucciso. Ma Fiore mi rassicurò: niente paura; progettava di assassinarla con un colpo di bacchetta d'Ebano o in altro modo da decidere. Da grande voleva appunto darsi all'attività di chi assassina. La sua idea era cominciare o da Chiarolanza o dalla Magliaro.

"È così buona, le voglio tanto bene," sospirai incerto. E proposi di assassinare solo Chiarolanza. Ma Fiore ad assassinare la maestra ci teneva di più. Voleva farle come alla rondine che ritornava al tetto: ucciderla, gettarla tra spini e lasciarla là come in croce, col verme per i rondinini. Mi convinsi infine, senza troppa fatica. Presi le coccarde e dissi: va bene.

Poi recitammo più volte *Pianto antico*.

Fiore mi mostrò, sforzandosi di sollevare la sorella che recalcitrava, come dovevo tendere la pargoletta a mano verso il verde-melograno che aveva bei vermigli sopra i fior. Con la sorellina che scalciava declamò:

L'albero
a cui tendevi
la pargoletta
a mano
il verde-melograno
dai bei vermigli
fior.

Anche io mi sforzai di sollevare sua sorella verso un ipotetico albero, ma lei si sottrasse e allora mi limitai a fingere di tenderla a mano verso quell'albero della poesia che era color verde-melograno e aveva vermigli molto belli sopra i fiori. Quindi suggerii a Fiore di fare il vermiglio con le dita, in modo da mostrare alla maestra come quello strisciava sui fiori in un orto sordomuto e solingo che rinverdiva a giugno ristorandosi con la luce e il calor. Alla fine gridai, visto che ormai avevo fatto l'abitudine a vedere quella magnifica creatura sdraiata sottoterra nella parte di Chiccolino:

Tu Fior
de la mia pianta
percossa e inaridita,
tu
de l'inutil vita
estremo
unico
Fior,
sei nella terra fredda,
sei nella terra negra;
né il sol più ti rallegra,
né ti risveglia,
Amor.

A quel punto ci abbracciammo, ci baciammo, e io tornai a pensare che ci potevamo sposare in abito bianco da cerimonia nuziale, come avevano fatto mio zio e la zia Carmela, a cui avevo retto lo strascico pochi giorni prima.

Fu un pomeriggio felice. La sorella di Fiore si accovacciò e in quella posizione bagnò il pavimento incerato. La sera non riuscivo ad addormentarmi. Pensavo a Fiore e a sua sorella, invece di ripassare mentalmente *Pianto antico* come consigliava di fare la Magliaro dopo la preghiera all'angelo custode. Pensavo tante cose. Pensavo che anche mia nonna faceva pipì allo stesso modo. Forse anche mia madre. Pensavo che forse la faceva così anche la figurina con la veste lunga che stava sulla scatola della Magnesia San Pellegrino. M'ero convinto, per via della veste, che fosse Magnesia e non San Pellegrino.

Il giorno seguente cominciò benissimo. Fiore e io riuscimmo ad arrivare sotto scuola nello stesso momento. Chiarolanza ci abbordò e cercò di venderci per cinquecento lire un arco e tre frecce puntute ricavate dal solito scheletro d'ombrello di sua proprietà. Avevamo non più di dieci lire da parte e, del resto, non con noi ma a casa. Nemmeno in dieci anni saremmo riusciti a mettere insieme quella cifra esorbitante. Allora lo aggredimmo, lo picchiammo e gli levammo l'arco. Chiarolanza pianse solo qualche lacrima. Lo stupore era superiore al dolore.

"Vi siete messi insieme," constatò.

"Forse ci sposiamo," azzardai a bassa voce, ed entrammo in classe.

La maestra era distratta: stava tirando nell'aula la sua collega rivale per farle ascoltare *Pianto antico* come ce l'aveva insegnato, ma quella recalcitrava. Fiore sollevò il piano ribaltabile del suo banco e vi ripose la cartella, l'arco, le frecce. Poi ci ripensò e, mentre la Magliaro diceva: "Entra," incoccò una freccia, ruotò sul busto lasciando oscillare la bella chioma bionda e, stupendoci tutti, gridò: "Uomini, questa è la truce ora dei lupi". Quindi scoccò il suo dardo in direzione di Chiarolanza che ebbe salva la vita solo perché era un bambino di strada, rotto a tutte le esperienze, e sollevò prontamente a mo' di scudo la ribalta nera del suo banco. Il dardo si conficcò nel legno.

Noi facemmo: oh!

La maestra Magliaro incredula strillò: "Fiore!" Quindi prontamente, seguita dalla collega che ora era avida di partecipare a quello scandalo, sequestrò arco e frecce ripetendo: "Fiore! Te li ha dati Chiarolanza? Confessa. Tutta colpa di Chiarolanza! Fiore!"

Quindi corse a ispezionare la cartella di Chiarolanza e vi trovò tre fionde ottenute con i raggi dell'inesauribile scheletro d'ombrello e proiettili fabbricati ripiegando vecchi chiodi arrugginiti. Ma la Magliaro non si rasserenò: era inconcepibile ai suoi occhi che Fiore avesse ceduto alle lusinghe di Chiarolanza. Intanto si diede subito a distribuire molte bacchettate sulle nocche di questo bambino, ma senza prestargli attenzione. Invece, mentre lo bacchettava con l'assenso muto della sua collega, ogni tanto faceva ad alta voce un discorso che tutto filato stava avvenendo nella sua testa soltanto.

Disse a occhio e croce, con la sua lingua di maestra: "Fiore, vuoi diventare anche tu un manigoldo? Vuoi darti a ruzze e a giuochi? Vuoi fare anche tu i dispetti, dare i pizzichi e i morsi? Vuoi ferirti le manine, scorticarti le ginocchia, farti i cornetti sulla fronte? Fiore!"

Infine, spedito a posto Chiarolanza dolente, chiese con l'aria di chi vuol duramente punire, ma in effetti solo per avere la possibilità di tornare alle lodi sperticate: "Fiore! *Pianto antico*." A quel punto la collega tentò di battersela, ma fu energicamente trattenuta.

Fiore salì sulla panca e cominciò a recitare l'antico pianto di Carducci con l'allegria del giorno prima, sollevando a mano un'ipotetica pargoletta in direzione di un albero verde-melograno e disegnando nell'aria con le dita i vermigli che strisciavano su per i bei fior. Intanto io, che volevo dimostrare alla maestra di aver contribuito a quella buona riuscita, assentivo, mi agitavo, facevo a mia volta il vermiglio. Che secondo noi era un verme simile a quello rimasto in bocca alla rondine uccisa di un'altra poesia, esattamente come un naviglio è nient'altro che una nave.

Mentre la rivale usciva di scena molto contenta, la Magliaro trasse un lungo sospiro.

"Ti debbo punire," disse soffertamente. "Non c'è altra possibilità. Hai deciso di diventare anche tu un manigoldo."

"Sì," confermò Fiore orgogliosamente.

"Sì," ci denunciò Chiarolanza dal fondo della classe, mentre seguitava a lamentarsi con le mani gonfie, "e si vogliono persino sposare."

Fu così che a Fiore la maestra, fuori di sé, introdusse batuffoli imbevuti d'alcol nelle narici. Lo fece – ci disse – per il suo bene: perché aveva quasi ucciso Chiarolanza, perché aveva rovinato la poesia più dolce di una delle tre Corone della letteratura italiana, perché si ricordasse che tra maschi non ci si sposa.

La classe fu molto contenta di assistere a quella tortura: contenta e terrorizzata. Io piansi tutte le lacrime che avevo all'idea che dopo toccasse a me. Fiore infatti si contorceva, strillava, sembrava prossimo allo svenimento: se la Magliaro mi avesse messo quei batuffoli nel naso, ero certo che sarei subito morto. Perciò ripetevo: "Va bene, allora mi sposo con sua sorella".

Ma la maestra Magliaro non si preoccupava della mia educazione. Voleva educare soprattutto Fiore. Perciò, dopo averlo torturato a malincuore con l'alcol e dopo aver esiliato me all'ultimo banco, accanto a Chiarolanza, mi costrinse a recitare l'odicina *Pianto antico* sette volte. Lo feci alla bene e meglio. Questo mi salvò.

4.

Adesso, raccontando, vorrei farmi un pianto antico in versi settenari esattamente come fui costretto a farmelo tanti anni fa, mentre negli Usa fabbricavano la bomba H. O almeno mi piacerebbe averne un nitido ricordo e trovare le parole esatte per raccontarlo. Ma non ci riesco, sono costretto a usare i vocaboli come li conosco oggi, inventando o rubacchiando effetti che solo vagamente rimandano a quelli di quarant'anni fa.

L'albero a cui tendevo la pargoletta mano in piedi su una panca di legno verniciata di nero, mentre Fiore singhiozzava; quel verde melograno che situavo sopra il crocefisso appeso alla parete insieme a un ramoscello polveroso d'olivo della Pasqua passata, non rinverdisce or ora come rinverdiva allora. È un altro verde che, anche se si scrive allo stesso modo, allo stesso modo non me lo sgrano più nella testa, contratto dall'ansia, come se fosse un colore sgranocchiabile, fatto di chicchi rossi chiusi in una rigida camicia giallina di sapore amarognolo. Nessun verde assomiglia più a quel verde commestibile e terrorizzato – colore dell'Italia quando grattai via il pastello rosso e passai diligentemente a quello verde – da pronunciare sotto gli occhi della maestra arcigna. L'ora è fuggita come nella *Tosca*. Non è più raccontabile con le parole rischiose dentro cui, a volte, rischiammo anche la vita.

L'aula vuota

Non c'era nessuno: né un libro, né un cappotto, né una giacca; solo un'aria spessa di fiati. Ho controllato sul registro: no, la classe non era autorizzata a uscire in anticipo. Un po' in ansia, mi sono affacciato sul corridoio deserto. Voci pacate di insegnanti dalle altre classi, tutte al lavoro. Non volava una mosca. A passi cauti, sono andato verso il cesso dei maschi. Ho spinto la porta con circospezione. Poi sono balzato dentro strillando: "Fuori tutti!" Il bagno era vuoto. Scrosciava solo un rubinetto aperto. L'ho chiuso.

Sono uscito e ho controllato di nuovo: l'aula era sempre deserta. Allora mi sono avviato verso il cesso delle femmine, riconoscibile perché da un lato vi è affissa la fotocopia di una dichiarazione scritta dall'idraulico della Provincia, che grosso modo dice: "Se continuate a gettare assorbenti nelle tazze, giuro che non ve le sturo più"; e dall'altro un volantino redatto da professoresse e studentesse che dice: "Come si permette questo signore? Perché qui dentro nessuno ha pensato a mettere un cestino? Ce li dobbiamo ingoiare gli assorbenti?"

Stavo per entrare, ma ci ho ripensato: era il cesso delle femmine, poteva essere imbarazzante. Allora sono andato in cerca della bidella Maria. L'ho trovata che indietreggiava per i corridoi lavando sommariamente il pavimento e cantando: 'Oi Marì, oi Marì'. Mi ha visto e mi ha imposto: "Fermo lì che mi fa le pedate sul bagnato".

Mi sono fermato e dopo estenuanti trattative a distanza l'ho persuasa a entrare nel cesso delle femmine per controllare se la mia classe si fosse rifugiata lì.

"Non ha la classe?"

"Ce l'ho ma non c'è."

"No?"

"No."

È entrata e non è uscita più.

"Signora Maria!" ho gridato.

Nessuna risposta.

"Signora Maria!"

Non un respiro.

Mi sono fatto animo e sono entrato.

I miei allievi erano tutti e venticinque a trattenere il fiato lì dentro. In più c'era la bidella Maria che s'è giustificata: "Che potevo fare? M'hanno presa in ostaggio".

A questo punto tutti hanno gridato cordiali: "Pesce d'aprile, pesce d'aprile," anche se non era aprile.

Ho detto:

"Teppisti."

D'Orazio, il capobanda, ha risposto: "Ma no," e ha annunciato che anzi, per amor mio, rilasciava subito la bidella Maria.

"Preferite passare l'ora nel cesso, invece che con me," ho mormorato affranto.

"Se l'è presa," si è meravigliato D'Orazio. E m'è sembrato deluso per com'ero permaloso. Molti mi hanno gridato: "Ma no, le vogliamo tanto bene".

Non ci ho creduto. No.

"Avevo preparato una lezione su Carducci," ho detto con tono lamentoso. E ho chiarito. "Peggio per voi: non vi dirò nemmeno chi è".

Tutti, falsamente sofferenti: "No, lo vogliamo sapere. Per favore. La lezione su Verga è stata così affascinante".

Lo sapevo che mentivano, ma mi sono chiesto ugualmente: mentono, non mentono?

Ho ordinato: "Torniamo in classe".

Impossibile. La bidella, che aveva ripreso a lavare il pavimento, ha gridato: "Eh no! Non si passa. Un po' di rispetto per chi lavora".

Siamo rimasti in silenzio tra scritte oscene, gorgoglii di scarichi, sgocciolar di rubinetti, odor di orina, loro immobili con finta devozione, io immobile con finta autorità. Poi è passato qualche minuto e mi sono sentito a disagio. Allora ho recitato e commentato in quel cesso: “Pensoso il padre di caprine pelli l'anche ravvolto...” Così abbiamo aspettato che suonasse la campanella.

Verba

Il consiglio di classe si è tenuto alle ore 15. C'erano i colleghi, depressi dalla mattinata di lavoro; c'erano due madri di famiglia, rappresentanti volenterose di cinquanta genitori che se ne fregano di essere rappresentati; c'erano D'Ovidio Stefano e Meneghini Liliana, rappresentanti degli studenti, entrambi precocemente corrotti dalla scoperta che se uno rappresenta qualcun altro può permettersi di dire cose che a titolo personale non direbbe mai.

Quando sono entrato, tutti fissavano la mia caricatura alla lavagna: un omone con la gobba e il collo da giraffa che abbraccia un'alunna molto prosperosa e le fa smack. Sotto l'alunna c'era scritto: "Solofra Giusy, ruffiana".

Appena mi hanno visto, le due genitrici hanno smesso bruscamente di ridacchiare insieme ai due studenti e agli altri insegnanti. Quindi hanno cominciato a indignarsi ipocritamente all'unisono: "Non c'è più rispetto, non c'è più rispetto," proprio mentre io mi affrettavo a cancellare la caricatura farfugliando: "Ma no, mi vogliono così bene. Abbiamo un rapporto aperto, antiautoritario, democratico, come se fossimo fratelli. Vero D'Ovidio?"

La collega Calamaro – delegata dal preside a presiedere il consiglio – ha detto distrattamente: "Non sapete quanto mi costa la baby sitter". E mi ha nominato segretario del consiglio, cosa che significa: dedicarsi al verbale.

Ho fatto le solite resistenze.

"Perché sempre io?"
"Perché sei di Lettere."
"E che significa?"
"Significa che se bisognasse fare la denuncia dei redditi mi rivolgerei al collega Zinale che è ragioniere."
Ho sussurrato a Zinale:
"Fallo tu, bestia."
"No," ha detto Zinale, contento di essere laureato in economia e commercio.
"Sei analfabeta?"
"Sì," ha ammesso sempre più soddisfatto Zinale.
Ho visto con la coda dell'occhio le due genitrici che si parlavano all'orecchio e ho immaginato che si dicessero: "Gli insegnanti dei nostri figli non sanno mettere una parola dietro l'altra: sono analfabeti".
"Va bene," ho deciso, "faccio il verbale. Ma verrà il giorno che la pagherai, Zinale."
La collega Calamaro ha aperto la seduta e io ho verbalizzato depresso: "Oggi, 5 novembre 1990, alle ore 15.10 si è aperta la seduta".
"Lettere," ha scandito Calamaro.
Lettere in gergo scolastico sono io che insegno Lettere. Dovevo illustrare il rendimento della classe. Con periodi fluenti e ben orchestrati ho detto che della classe non ci si poteva lamentare, se si escludeva un gruppetto – e ho fissato significativamente D'Ovidio e Meneghini – che a volte disturbava un pochino la lezione. Poi mi sono verbalizzato in una forma scritta che era ancora meglio di quella orale.
I miei colleghi a loro volta hanno detto che tutto andava per il meglio. Ma l'hanno detto più stentatamente, perché non insegnano Lettere. Ho verbalizzato i loro interventi peggiorandoli ulteriormente, in particolare quello di Zinale al quale ho attribuito tra virgolette due o tre sgrammaticature. Nessuno, a differenza di come facciamo in privato, ha sostenuto che i nostri studenti andrebbero iscritti non a scuola, ma direttamente al riformatorio. Succede sempre così in presenza dei rappresentanti dei genitori: quando ci sono estranei, giuriamo compatti che la scuola va per il meglio, tutto procede; i panni sporchi si lavano in fami-

glia. Al massimo ci concediamo un accenno cauto alla maleducazione degli studenti, se è documentabile che essa dipende o dai genitori o dagli insegnanti che ci hanno preceduto, ma non da noi.

"I genitori hanno qualcosa da dire?" ha chiesto la collega Calamaro con tono minaccioso, per far capire: sintetici.

Le due signore si sono fatte animo e hanno dichiarato: "Tutto bene. Però Italiano (cioè io: posso essere denominato a seconda delle circostanze: Lettere, Italiano o Storia) non lo capiscono quando parla". Poi hanno spiegato che gli studenti erano entusiasti di me: a occhio e croce si intuiva, dai loro discorsi, che facevo bellissime lezioni; ma che cosa dicessi in realtà, nessuno lo sapeva.

"Ma," ho protestato.

"Tu verbalizzi?" ha chiesto Calamaro tappandomi la bocca.

"Ma," ho di nuovo protestato. Poi ho pensato: "Verba volant, scripta manent"; l'unico latino che m'è rimasto. E ho verbalizzato con gusto: "I rappresentanti dei genitori sottolineano che le lezioni di letteratura sono entusiasmanti, anche se a volte un po' complesse".

"A posto," ha detto Calamaro, "è chiusa la seduta."

"Di già!" hanno esclamato le due genitrici, che erano venute in quel Consiglio convinte di poter fare notte in allegria.

"E noi?" hanno chiesto D'Ovidio e Meneghini.

La collega Calamaro ha inferocito gli occhi e ha spruzzato gelida: "Anche voi avete qualcosa da dire?"

"Poche cose," ha risposto D'Ovidio. E ha sintetizzato così: in verità, che non capiscano le mie lezioni è il meno; il fatto è che li prendo in giro e li umilio; non li incoraggio ma li avvilisco; loro si deprimono e a casa non riescono a trovare la voglia di studiare; in compenso in classe mi mangio i loro cracker dicendo: dammi un cracker che ho fame; e faccio molte smancerie a Solofra Giusy che è la mia cocca; anzi spesso do a lei i cracker che ho rubato al resto della classe.

"Falsità, falsità," mi sono difeso con le orecchie che mi bruciavano per l'imbarazzo. Poi ho aggiunto: "Come vi permettete, manigoldi? Non siete mai in classe e non aprite libro".

Le genitrici, contente per la piega interessante che prendeva il pomeriggio, hanno esclamato:

"Ragazzi, che modi sono questi: non si dicono le bugie".

Meneghini Liliana ha confermato: "Tutto vero". Aggiungendo sull'ipocrita: "La classe ci ha raccomandato di dire queste cose. Non possiamo fare a meno di dirle".

"Va benissimo, le avete dette," ha concluso Calamaro controllando l'orologio. E a me, con disprezzo: "Verbalizza. Arrivederci e grazie".

"Ragazzacci," hanno esclamato con allegria le due genitrici. "La frusta ci vuole, la frusta. E polso duro."

Io: "Certe volte si pigliano il dito con tutta la mano".

Calamaro: "Hai verbalizzato?"

Ho verbalizzato in fretta: "Gli studenti D'Ovidio e Meneghini accennano alla simpatia che tutta la classe prova per l'insegnante di Lettere. Ma qualche elemento si sente trascurato e desidererebbe più attenzione. La seduta è tolta alle 15.50".

Nel bicchiere

a Pierangelo Guerriero

Il 6 marzo del 1953 il maestro Bonanni disse a mia madre: "Questo bambino le darà grandi soddisfazioni".

Mi piacciono molto le date: sono chiare e vere. Ma questa data è né più né meno che una combinazione alfabetica irrobustita da qualche cifra. Quale marzo, che 6, quale millenovecentocinquantatré? È un giorno di un mese e di un anno che ho davvero vissuto. Anche la frase del maestro Bonanni è stata davvero pronunciata. Ma il loro contatto su questo foglio è arbitrario: mi serve solo per evocare una storia che è lunga poche righe.

Per arrivare a raccontarla, ora segno anche un'altra data: 1° ottobre 1948. È possibile che da qualche parte ci sia un documento con queste lettere e questi numeri che fissano il mio primo ingresso in un'aula scolastica. Se possedessi quel documento, potrei ricopiarlo qui e sentirmi autorizzato a saltare al 1953, per poi dare il via alla mia vicenda di poche righe. Dubito, tuttavia, che andrebbe davvero così. Di documenti ne ho lasciati in giro a ufo. Mi immagino una pila di carte grigie che da viale Trastevere, sede del Ministero della Pubblica Istruzione, spezzi legacci, s'inclini e scivoli di lato, giù per le gradinate bianche, lungo i binari del tram; per i paesetti e i paesaggi dove ho insegnato; nelle aule dove ho vinto una cattedra (vinto? su chi, contro chi? per seguitare a trionfare su chi?); nelle stanze dove sono stato abilitato all'insegnamento di una quantità stupefacente di materie (abilitato grazie a quali abilità? perché avevo quale segatura in testa? in virtù di quale "habere" registrato al catasto della memoria più labile e opportunistica?); nei luoghi affollati dove esame su esame ho ottenuto che un Rettore inspiegabilmente Magnifico mi assegnasse una cartapecora che poi ho dimenticato dentro una custodia di cartone color vinaccia nel corso di non so più quale trasloco; nel liceo dove andavamo a giorni alterni perché ci pioveva e poche erano le aule senza bolle grevi d'acqua che gonfiavano l'intonaco; in quella stanza di prima elementare, infine, dove sono entrato per la prima volta il 1° ottobre del 1948.

Ma la traccia di carta e di polvere che comincia da lì mi aiuta poco o niente; riesuma solo, a immaginarmela, un'ansia adolescente che porta fino a un bicchier d'acqua, dentro cui mi perdo. Forse – progetto mentre scrivo – se a quest'ansia assegno date, essa smette di essere giovane e tesa, mette rughe finalmente, si ottunde, si impolvera. E io posso sbarazzarmi delle poche righe che ho in mente come di una cosa d'altri tempi, che a raccontarla non fa male né a una mosca né a me.

Nel marzo del 1953 – l'anno in cui conclusi il ciclo delle elementari – il maestro, che si chiamava Bonanni, mi scelse tra i pochi che meritavano di andare a casa sua un paio di pomeriggi alla settimana per ampliare con lezioni supplementari a pagamento la preparazione scolastica che lui già curava la mattina. La scelta fu motivata, come disse ai miei genitori, dalla mia spiccata predisposizione per gli studi. Meritavo di prepararmi sotto la sua guida all'esame di ammissione alla scuola media inferiore. E, per incoraggiare mia madre a sborsare denaro, vaticinò: "Signora, questo bambino le darà grandi soddisfazioni".

Oggi propendo a credere che se non finii nelle scuole di avviamento, ma mi imbattei in 'Cantami o Diva' e nel latino, devo ringraziare la congiunzione tra lo stipendio meschino del maestro e quello meschino di mio padre. I miei numerosissimi compagni di quinta elementare, le cui famiglie non godevano nemmeno di stipendi meschini da cui estrarre tangenti per aiutare lo stato a nutrire la famiglia del maestro, non mostrarono alcuna disposizione per gli studi e finirono garzoni di qua e di là.

Alle scuole medie ebbi un professore di nome Freschi al quale non feci la buona impressione che avevo fatto a Bonanni. Mi fece subito capire: come mai sei finito qui, cretino? Non era mai di buonumore: sembrava molto preoccupato della velocità con cui andava perdendo i capelli.

Non ricordo niente delle sue lezioni: l'unica memoria che mi è rimasta è la paura. Freschi stesso è una parvenza appena sfiorata con lo sguardo. Parlava con astio, come se o noi o i nostri genitori avessimo commesso qualche crimine nei suoi confronti e nei confronti dei suoi parenti. Ma non ricordo cosa diceva. Martellava solo sul fatto che, una volta studiato il latino, saremmo stati pronti per qualsiasi evenienza: ogni difficoltà intellettuale sarebbe svanita e in uno schiocco di pollice e indice saremmo finiti socialmente ed economicamente molto lontano. Oggi penso che fosse così stizzoso perché, malgrado il latino, lui era rimasto nelle vicinanze. Ma allora credevo che fosse andato lontanissimo e mi preoccupavo: andrò mai così lontano?

Decise subito di provarmi che per il latino non ero tagliato. Infatti non ero tagliato. Non sapevo nemmeno che si trattava di una lingua. Credevo che fosse una silloge di filastrocche, ritmate da etichette dissennate tipo: nominativo, genitivo, dativo. Il tutto era organizzato in batticuori da collasso che si chiamavano 'declinazioni' ed erano numerati. *Agricolarum* mi priva ancora del respiro. *Caelicolum* è viola come la morte. Nella parola *ablativo* sento che risiede stabilmente la pupilla grigia di Freschi che mi comunica: non capisci niente. Vero: non capivo niente.

Ebbi l'impressione subito, nell'anno scolastico 1953-54, che il sapere di Freschi fosse sconclusionato, ma non me lo confessai. Il latino mi assorbiva fino a notte tarda. Mandavo a memoria la prima declinazione e facevo pagine e pagine di esercizi; mandavo a memoria la seconda declinazione e facevo pagine e pagine di esercizi. Non contento mi alzavo alle cinque del mattino (la memoria è più arzilla a quell'ora) e ripetevo *pluralia tantum* come un demente. Ero certo che quello sforzo non avesse una sua intrinseca utilità, ma servisse a Freschi per stabilire se ero di sana e robusta costituzione o se cascavo faccia a terra. Non dubitavo che sarei morto.

La terza declinazione me la ricordo come un mistero da affrontare col fiato sospeso. Freschi, fin dalla prima, aveva cominciato ad allarmarci: "La terza. Non sapete cos'è la terza". Per me quella declinazione era diventata un acquitrino, una selva, un'area ricca di insidie, una boccetta con il teschio e le tibie a x. Quando l'affrontammo, mi sembrò peggio di come me l'ero immaginata. Era capricciosa: ora l'ablativo finiva in "e", ora in "i"; ora i nomi neutri si sceglievano una "a", ora un "ia". Ma l'abisso più insondabile era quello che si apriva a ogni genitivo plurale: era in "um" o in "ium"? Il genitivo plurale si rivelò superiore alle mie forze: una tagliola; aveva denti d'acciaio che mi mozzavano la lingua. Sulla soglia della terza declinazione cedetti, sopraffatto dai parisillabi, dagli imparisillabili, dal ghigno insoddisfatto di Freschi.

Questo professore convocò mia madre e, in mia presenza, le disse che le parevo promettente: avevo la stoffa per gli studi classici, ma dovevo colmare qualche lacuna. Disse proprio "lacuna" e io pensai a quella di Venezia, anche se si scriveva con la g. Giurai che ero disposto a colmare tutto, notte e giorno: volevo andare lontano come era andato lontano lui. Andai invece soltanto a casa sua, due volte alla settimana per quattro mesi. Lì la moglie, a pagamento, lavorava per un'ora precisa a non farmi capire di pomeriggio quello che lui non mi faceva capire di mattina. In compenso ora, quando Freschi mi interrogava, diceva in presenza di tutta la classe: ecco, va meglio. E io ero contento. Ma fui rimandato ugualmente a ottobre e la moglie del professore mi accolse tutta l'estate con sbuffi insofferenti.

Cominciai ad associare il latino alla presunzione. Presumevo di me e ne soffrivo. Avrei voluto dire: sono così e così, robetta, non bisogna aspettarsi niente da me. Ma non riuscivo a dirlo. Mi pareva che dicendolo mi sarei degradato e non avevo nessuna intenzione di degradarmi. Perciò seguitai negli anni a dissanguare la mia famiglia per permettere a quella di Freschi di vivere meglio e a me di montarmi la testa con *acer acris acre*. Sento però che va situata tra la prima e la quinta declinazione, o forse nei dintorni del comparativo e del superlativo, la nascita di un fastidioso senso di miseria morale e intellettuale che provo ancora oggi. Ma non è questa la storia che voglio raccontare.

In quarta ginnasio (1° ottobre 1956) fu mio professore un anziano signore coi capelli tutti bianchi e l'aria avvinazzata, simile al dottore di *Ombre rosse*. Non ha nome né cognome. Lui non si presentò mai e d'altra parte nessuno mi disse come si chiamava. Anche la classe ora, a pensarci, mi sembra senza studenti; non ne ricordo nessuno, e tuttavia eravamo una folla: quaranta, credo. Mi sento e mi vedo lontano, nel fondo. Il professore spesso si alza e colpisce: a volte tira pugni e schiaffi; a volte, mentre mi interroga, si protende, mi colpisce i testicoli col dorso della mano o mi afferra la stoffa dei pantaloni e mi strappa peli dal pube; a volte ci sequestra tutti e ci tiene a scuola mezz'ora in più: non vuole mandarci a casa. In un'occasione terribile si infuria, diventa viola e vuole che un ragazzo mangi subito, sotto i suoi occhi, un calabrone che l'attimo prima ha stecchito con un colpo solo. Forse l'alunno lo mangiò, forse no. Passai tutte quelle mattinate scolastiche nascosto dietro le spalle del compagno che avevo davanti, auspicando che il professore non mi vedesse, se non lo vedevo. Al riparo, mi immaginavo di strappargli gli occhi e mangiarmeli. Non lo feci mai.

Il latino mi si manifestò in quell'anno e in seguito attraverso una serie interminabile di frasi insensate, cariche di gente che non si sapeva da dove venisse, non si sapeva dove andasse, faceva in genere cose banalissime o folli, dichiarava pomposamente non so che o alludeva enigmaticamente a non so che altro. Cominciò un'adolescenza dolente, il cui tempo fu riempito da messaggi di questo tipo: "Pater Titi Pomponii Attici mature decessit"; "Alexandrum, quem arma Persarum non fregerant, vitia vicerunt"; "Sunt quidam homines non re, sed nomine". Li traducevo con l'aiuto di un vocabolario che si chiamava Campanini e Carboni. Quel professore una volta lo vide e fu preso da un moto di ribrezzo. Non capii: pensai che fosse per la copertina inzaccherata dagli untumi dell'usato e da vari fregi a penna e a pastello con cui lo avevo istoriato negli anni, sicché lo foderai con carta di giornali. Ma lui aveva l'occhio di lince e lo riconobbe. Ora capiva, disse, perché facevo dai venti ai trenta errori nelle versioni: malissimo; mi serviva un vocabolario con un altro nome che era: non capii il nome, ma feci finta di aver capito tutto e foderai Campanini e Carboni con carta fiorata.

Quel professore non si lasciò ingannare e mi scrisse l'indirizzo della libreria dove potevo acquistare il dizionario Georges Calonghi, nonché il nome di un suo amico che mi poteva evitare di perdere l'anno. Persi il foglietto e persi l'anno. Mi guardai allo specchio a lungo, dopo: ero brufoloso, sporco, ossuto, avevo una striscia di fronte appena visibile tra sopracciglia e capelli arruffati. Non assomigliavo a un giovane promettente che studia latino. Non assomigliavo a niente che dovesse restare a lungo al mondo. E ora vorrei scavare a fondo in quello che provavo. Ma devo rintracciare le righe della storia povera che sto rincorrendo.

Avrei potuto abbandonare la scuola e finire a lavorare in un garage. Ma il maestro Bonanni aveva vaticinato a pagamento, il 6 marzo 1953: il bambino, le grandi soddisfazioni, beato chi l'ha fatto. Tornai a: "Pater Titi Pomponii Attici mature decessit".

Questa volta l'insegnante era una madre di famiglia molto volenterosa e di buone maniere, che si chiamava Sollazzo. Lei, come gli altri, non voleva sapere chi fosse Tito Pomponio Attico e perché bisognasse appassionarsi alla morte in età avanzata di suo padre. Voleva sapere la declinazione di *pater* e farci coniugare preventivamente in tutti i modi e in tutti i tempi il verbo *decedo*. Non opposi più resistenza: la professoressa era bruna, persuasiva, accogliente come una dea della fertilità, bei denti bianchi, lievemente ironica. Mi allenai con *pater* e *decedo*. Imparai a farlo ordinatamente, con metodo. Quando ero interrogato, andavo alla cattedra e, come un attore che ha appreso finalmente la sua parte, recitavo senza tentennamenti: *pater patris patri*. Poi, muovendo dalla morte dell'anziano signore che aveva generato Tito Pomponio Attico, coniugavo, mettiamo al piuccheperfetto congiuntivo, la mia, la tua, la sua, la nostra, la vostra, la loro morte: *decessissem, decessisses, decessisset*.

Furono anni quieti. Dal 1957 al 1959 non feci altro che apprendere cose del tipo: "Il console Gaio Flaminio stramazzò improvvisamente davanti alla statua di Giove Statòre"; o declamare: "Spero che voi, o giudici, assolverete quest'uomo innocente". Lo facevo ora dall'italiano in latino, ora dal latino in italiano, ma sempre senza la minima pietà per il corpo esanime di quel Gaio Flaminio; o non curandomi affatto dell'eventuale condanna di un innocente, ma tenendo bene a mente che "*spero, promitto* e *iuro* vogliono l'infinito futuro", esigenza – credevo – imposta dalla rima.

Il rapporto con quella professoressa diventò sempre più solido. Una volta, proprio mentre stavo traducendo: "Pons, qui tempestate interruptus erat, celeriter est refectus," mi sentii così sconsolato che le chiesi: "È possibile che nessuna donna mi amerà mai?" Lei mi guardò con improvvisa allegria, mentre la classe tratteneva il respiro. Attesi che mi rispondesse con una frase dello stesso tenore solenne e definitivo, ricalcata come la mia su quelle che traducevamo dall'italiano in latino. Ma lei mi rispose terra terra: "Le donne, caro mio, si mettono persino coi ciucci". Gli asini cioè. Poi mi chiese di prenderle un bicchiere d'acqua. Andai dal bidello a farmi dare il bicchiere. Nel bagno, lo riempii fino all'orlo, ci sputai dentro, mi sbottonai i pantaloni e mescolai acqua e saliva con un pistolino aggricciato, inefficace per quella bisogna.

Questa, in parole povere, è la storia. Ma le parole non sono mai povere, nessuna storia è mai limpida e vera. La signora Sollazzo bevve da quel bicchiere sotto i miei occhi e mi ringraziò ridandomelo vuoto. Lo portai al bidello. E ora, mentre restituisco il bicchiere, mi osservo. Cerco un vocabolo, al massimo due, per dire come mi sento, ma affogo nel latino di allora e perdo le mie tracce. Scrivo: "O curas hominum, o quantum est in rebus inane!" E recito mentalmente: res, rei, rei; poi passo a inanis, inanis, inane.

Il Moro di Venezia

Questa volta è andata peggio del solito.

Il collegio dei docenti aveva votato con cinquantasei voti a favore, ventidue contrari e dieci astenuti la costituzione di un gruppo di lavoro che preparasse una giornata di studio contro il razzismo. Ciò era avvenuto dopo un focoso intervento della collega Mastai che aveva detto: "Colleghi, il razzismo dilaga, facciamo qualcosa di interdisciplinare". In seguito era intervenuto il collega Darcuzzo affermando: "È vero, è urgentissimo". Quindi avevo chiesto la parola io per sottolineare: "Se ne sente la necessità".

Il preside aveva reagito col solito intervento. È un uomo logorato dal timore che ogni iniziativa inconsueta gli possa causare tirate d'orecchio da parte del provveditore e, nel caso, del ministro. Inoltre pensa che Mastai, Darcuzzo e io non solo non possiamo gestire un corso interdisciplinare, ma nemmeno quello disciplinare grazie al quale, secondo lui, rubiamo lo stipendio; e spera che presto ci trasferiremo in altra scuola. Però non se la sente di passare per uno che scoraggia il nuovo. Sicché ci aveva ringraziato per il nostro attivismo, la nostra buona volontà, la vocazione a innovare; ma ci aveva anche ricordato che l'innovazione non deve essere una scusa per gettare nel disordine aule, corridoi, sala dei professori, biblioteca, aula magna, palestra, campanella.

Tutto regolare, insomma. Né bisogna pensare che la nostra proposta e il cospicuo consenso che avevamo ottenuto significassero una particolare passione per la metodologia interdisciplinare e i conflitti razziali nel nostro paese. La collega Mastai propone da anni iniziative interdisciplinari su questo e su quello, che Darcuzzo e io appoggiamo per pura amicizia. In passato il collegio gliele bocciava dopo ampia discussione. Poi s'è fatto furbo e da qualche anno evita l'ampia discussione approvandogliele senza fiatare: tanto si sa che sono iniziative destinate al fallimento. In quell'occasione, come in tante altre circostanze, docenti dissenzienti e consenzienti avevano votato pensando tutti: "Sì, bravi, disciplinatevi tra voi, intercucinatevi nel vostro brodo, sbrodolatevi inter vos. L'essenziale è che non vogliate interdisciplinare noi. Votiamo e andiamo a cenare".

Mi ricordo che Mastai, Darcuzzo e io, subito dopo la votazione, ci siamo vigorosamente stretti la mano per felicitarci del successo conseguito. Il giorno dopo la collega Mastai ha chiesto: "Bene. Da dove partiamo?" E io, tanto per dire, ho tirato fuori un mio chiodo fisso: "Partiamo dalla novella del Moro di Venezia di Giambattista Giraldi Cinzio".

C'è stata qualche incertezza. Darcuzzo, che insegna ragioneria, ha chiesto: "Ma la storia del Moro non l'ha scritta Scexpir? Il Moro non si chiamava Otello? E la bella di pelle bianca che s'era sposata col negro non si chiamava Desdemona? Chi è questa Cinzia? Da dove salta fuori?"

Gli ho spiegato che Cinzio era un grande letterato del Cinquecento. Poi ho chiesto: "Vi convince?", già pentito della proposta. La collega Mastai, sebbene ultraquarantenne, ha fatto un saltello infantile battendo le mani: "Bell'idea. Proprio bella. Datti da fare". Lei disgraziatamente non poteva impegnarsi a fondo per ora: ha tre figli e un marito che borbotta, un gruppo di donne-insegnanti che lavora sulla didattica al femminile, il Consiglio di istituto, la Giunta esecutiva, i rapporti con la Usl per diffondere tra gli studenti l'informazione contraccettiva e quella antiaids, le proiezioni di documentari terzomondisti in aula magna, la commissione biblioteca, quella gite scolastiche e quella acquisti. No, per ora non poteva, ma presto mi avrebbe dato una mano.

Pazienza. Mi sono messo all'opera e da allora ho lavorato ventiquattro ore su ventiquattro.

Ho imposto, tanto per cominciare, la lettura della novella del Moro agli studenti delle mie classi, che hanno detto sì sì, è entusiasmante, e non ne hanno letto un rigo. L'unico che se l'è divorata subito, da cima a fondo, è stato il mio alunno nigeriano Eholor, che però conosce l'italiano come i negri nei film degli anni quaranta e ho dubitato che avesse capito qualcosa. Gli ho detto con simpatia: "No, poverino, tu lasciare perdere. Imparare la prima coniugazione, verbo amare". Inoltre gli ho assegnato un compito di fiducia: accompagnarmi in giro per la scuola a contattare colleghi e autorità scolastiche. Avevo una borsa zeppa di libri preziosi e fotocopie su Giambattista Giraldi Cinzio e non volevo che, a lasciarla in giro, mi sparisse. La nostra scuola è piena di giovani inaffidabili.

Così, con Eholor che per fare lo spiritoso portava la borsa in bilico sul capo crespo e ai miei ordini rispondeva: "Sì, buana", sono andato almeno trenta volte dal preside a chiedere: a) l'uso del telefono per contattare esperti in Giambattista Giraldi Cinzio disseminati per mezza Italia; b) la convocazione d'urgenza del Consiglio di istituto per ratificare uno stanziamento di fondi a favore dell'iniziativa, l'uso senza limitazioni della fotocopiatrice e l'ingresso eventuale di estranei nella scuola; c) il risarcimento economico per il tempo che perdevo a organizzare fuori orario la giornata di studio interdisciplinare.

Dopo molto tergiversare, il preside si è detto contento per come mi davo da fare, ma ha anche aggiunto che era molto impegnato e non poteva perdere tempo e denaro pubblico con me. Io e i miei compagni avevamo insistito per organizzare l'iniziativa interdisciplinare? Bene, lo facessimo, ma senza causargli problemi e senza disturbare il regolare andamento delle lezioni.

Poi, prima di congedarmi, mi ha chiesto: "Che ci fa fuori classe questo qui?" Intendeva Eholor, che mi aspettava tenendomi la borsa e certi rotoli di carta lucida su cui avevo fatto un elegante prospetto dei temi da affrontare e della gente da contattare per la famosa giornata di studio interdisciplinare. Ho sentito una vena razzista nella sua voce e ho risposto con secchezza: "Mi aiuta, preside. E intanto ripassa la prima coniugazione, verbo amare. È un ragazzo intelligente e studioso".

Dopo un mese di lavoro intenso e vane convocazioni di riunioni pomeridiane (le convocavo ma non veniva nessun collega, nemmeno Mastai e Darcuzzo), sono riuscito con varie minacce a mettere insieme in biblioteca, alle 15.30, sette insegnanti, tra cui finalmente Mastai e Darcuzzo, e tre studenti, tra cui Eholor con tutti i miei bagagli, per sottoporre loro il programma che avevo stilato.

Ho cominciato a leggere e più leggevo, più mi venivano le palpebre pesanti. Gli altri invece visibilmente dormicchiavano.

Ho spiegato: "Il giorno concordato col preside, dopo faticose trattative, è il 23 marzo. Riuniamo gli studenti interessati in aula magna. Gli altri faranno regolarmente lezione. Per primo, diamo lettura ad alta voce della novella del Moro invitando un ex collega, D'Albano, che ha lasciato la scuola pubblica e ha aperto una scuola privata di dizione a Trastevere. D'Albano declamerà il testo e intanto spiegherà ai ragazzi come si declama. D'accordo?"

"Come no," hanno detto tutti tra veglia e sonno.

"Il collega Orlandi, che insegna storia, farà un po' la storia della repubblica veneziana tra Quattro e Cinquecento, mentre suo cugino farà la geografia: economica, naturalmente, perché per la geografia normale ho pensato di ricorrere al nostro collega di geografia, Sapori, restio per ora a farsi coinvolgere. Ma lo conoscete: se uno non insiste poi si offende."

Orlandi, che dormicchiava in fondo all'aula, si è riscosso e ha detto: "Sì, certo". Ma poi ha rivolto un gesto così, agli altri, per significare: ha le pigne in testa. L'ho visto, però ho fatto finta di niente.

"Il fratello di Orlandi," ho continuato, "che si è laureato con una tesi sul ghetto veneziano, interverrà per documentare la presenza di gente di colore a Venezia nella seconda metà del Cinquecento, con particolare attenzione alla frequenza di matrimoni misti. Gli ho telefonato sei volte, ma non è mai in casa."

"Mio fratello non ha tempo da buttare," ha borbottato Orlandi.

"La collega Marrone di storia dell'arte si servirà di diapositive per mostrare come si atteggiano i Mori nella pittura del Cinquecento veneziano e non, ricavando dalla disposizione iconografica, dai vestiti, dagli sguardi, dal modo di atteggiare le labbra, spie sulla condizione sentimentale e sessuale dell'uomo di colore a quel tempo."

La collega Marrone non era presente, ma tutti sappiamo che da un'opera d'arte non è capace di ricavare nemmeno la base e moltiplicarla per l'altezza. Però non avevo trovato altri.

"Io mi occuperò della ricezione della novella da parte del pubblico nella seconda metà del Cinquecento; e la collega Mastai s'è impegnata a fare la storia dell'espressione, presente nel testo, 'appetito donnesco', ponendola a confronto con l'altro luogo comune testimoniato qualche pagina dopo dalla frase: 'Ma voi Mori siete di natura tanto calda...' D'accordo Mastai?"

Mastai ha risposto: "Ci proverò". Il 23 marzo aveva un incontro in Provincia per discutere del rapporto tra scuola e teatro, ma si sarebbe liberata. Certo, poi ha commentato arrossendo, roba da matti: una frase così: "Ma voi Mori siete di natura tanto calda..." E ha ridacchiato insieme a Eholor che, secondo me, ha riso senza capire.

A risentire quella frase, il collega Darcuzzo si è riscosso, attratto dall'ipotesi che il racconto di Cinzia e il Moro avesse qualche punta oscena. Poi si è riassopito.

"Tutti d'accordo?" ho chiesto.

Silenzio. Ho dedotto che erano d'accordo e che avrebbero collaborato.

"Bene. Si passa alla fase operativa," ho detto.

Sono balzati in piedi e se la sono filata. Solo Darcuzzo e Orlandi si sono attardati con Eholor. Orlandi voleva che gli portasse, qualche volta che andava in Africa, una zanna d'elefante, possibilmente lavorata, un tamburo dipinto, un amuleto. Darcuzzo, più modestamente, gli ha chiesto qualche accendino a basso prezzo e quattro confezioni di kleenex, anche se si sa che Eholor non vende quegli oggetti ai semafori.

"Non te la prendere," gli ho detto quando sono andati via. "E soprattutto non lasciarti condizionare. Guai a te se ti procuri davvero una zanna d'elefante."

Eholor ha alzato le spalle. "A me che compito, prego?" ha chiesto. Gli ho risposto di badare alla mia borsa, in quel giorno fatidico, perché nella confusione avrebbero potuto rubarmela. E di non ridere fingendo di aver capito, quando qualcuno ridacchiava. "Confessa che non hai capito niente di quello che ha detto Mastai," gli ho intimato: "che ridi?" Poi gli ho chiesto il trapassato remoto del verbo persuadere. Bravo ragazzo, intelligente. Sapeva il trapassato remoto di persuadere meglio del mio allievo Stefano D'Ovidio.

La mattina del 23 marzo mi sono sentito molto agitato. Avevo dormito poco. Il giorno prima il fratello e il cugino di Orlandi avevano fatto sapere che, per improrogabili impegni che li chiamavano entrambi a Stoccolma, non avrebbero potuto essere presenti. Orlandi, dal canto suo, si era dato ammalato da tre giorni e non rispondeva nemmeno al telefono. Quanto al collega Sapori di geografia, mi aveva mandato una lettera in cui mi metteva per iscritto che mi diffidava dal coinvolgerlo in iniziative che non rientravano nel nostro contratto di lavoro. Sicché avevo studiato tutta la notte per poter turare le falle aperte da quelle defezioni.

Non basta. Alle sei del mattino mi aveva telefonato per la quarantacinquesima volta la collega Marrone gridando nel telefono: "Non so che dire, non so che dire! Come farò?" E alle sette l'ex collega divenuto attore, D'Albano, mi aveva fatto sapere che aveva la faringite e la febbre a trentanove. Unica consolazione: puntuale, alle otto, sotto casa, avevo trovato Eholor, pronto a trasportare e proteggere la mia borsa.

Una volta a scuola ho appreso che la collega Mastai aveva telefonato per informare che non si era potuta liberare: doveva per forza essere in Provincia alle nove. Darcuzzo, che è un buon uomo, ha cercato di consolarmi dicendo: "Niente paura. Parlo io dei rapporti tra Cinzia e il Moro". Ho risposto: "Grazie, Darcuzzo, non c'è bisogno". E mi sono avviato in aula magna pensando: gli studenti interessati saranno quattro gatti; me la posso cavare anche da solo.

A quel punto mi sono corsi incontro i cinque allievi politicizzati della scuola. Mi hanno detto trafelati: "Un vero colpo di fortuna. La nostra iniziativa antirazzista è diventata di scottante attualità. Tutta la scuola è con te. Sono stati assassinati tre marocchini a cinquecento metri da qui, in via Casal de' Pazzi. Massacrati a randellate".

"Non capisco dove sta la fortuna," ho commentato perplesso. Me l'hanno spiegato. Senza quell'evento, in aula magna non avremmo avuto più di quaranta persone. Così invece, sobillati da loro, i milletrecento studenti dell'istituto stavano abbandonando in massa le classi, dopo aver travolto gli insegnanti, per partecipare all'incontro in aula magna.

Un boato spaventevole infatti correva per la scuola. Il preside, aggredito da colleghi conservatori che avevano visto le loro classi svuotarsi insubordinatamente, mi ha gridato: "La ritengo responsabile di questo caos".

Ho risposto: io, responsabile, preside, caos, no, tutto sotto controllo. Mentivo. Della popolazione studentesca solo duecento erano riusciti a stiparsi in aula magna. Gli altri 1100 si sono dati a inseguimenti, cori osceni, aggressioni a mano armata, botte, devastazioni per l'atrio e per i corridoi.

Sono entrato a fatica nell'aula magna dove era in atto una gara a chi centrava un cestino sputando gomme da masticare. Eholor mi ha aiutato ad aprirmi la strada tenendo alta sopra la testa la mia borsa. Ho provato a usare il microfono ma non funzionava. Ho strillato: "Silenzio". E ho detto: "Il razzismo dilaga. A pochi metri da noi tre giovani immigrati sono stati brutalmente assassinati stanotte. È atroce. Ragazzi, questo sangue bagna le radici profonde dell'intolleranza. Come sapete la nostra giornata è dedicata a un testo fondamentale: la novella del Moro di Venezia, scritta da Giambattista Giraldi Cinzio quattro secoli fa. Ve ne darò lettura. Silenzio. Silenzio! Per favore! Vi ho pregato di fare silenzio! Debbo spaccare la testa a qualcuno? Qualcuno vuole una sospensione di dieci giorni dalle lezioni?"

Applausi, applausi. Ho ripetuto, sperando di sedare brusii e sghignazzi: giornata, razzismo, interdisciplinare, Cinzio, Scexpir, mi seguite? Poi, in sudore, ho cominciato a leggere: "Fu già in Venezia un Moro molto valoroso, il quale, per essere a pro' della persona, e per aver dato segno, nelle cose di guerra, di gran prudenza e di vivace ingegno..."

C'è stato un unico lungo soffio di sconfortato rammarico, come una folata di vento in un cimitero. M'è bastato. Mi sono chiesto: "Che sto leggendo?" La vista mi si è appannata, i suoni si sono spenti. Ho pensato che con quel soffio i corpi se n'erano volati via dagli indumenti come razzi la notte di Santo Stefano. Invece no. Gli studenti c'erano. Ero io che non c'ero più. Indossavo jeans, maglione antracite, un giaccone paramilitare; ho sentito, a tastarmi, che erano vuoti e sono stato per svenire.

Ma. Senza il 'ma' ogni cielo sarebbe troppo ampio e ogni abisso non avrebbe fondo. Eholor ha detto: ma. Con quel 'ma' mi ha restituito la vista, l'udito. E ha cominciato a raccontare un fatto che gli era capitato due anni prima, quand'era a Perugia. Niente di eccezionale. Faceva il guardiano notturno in un maneggio. Erano le tre di notte. Aveva appena finito di studiare. Quando gli avevano abbattuto la porta con un calcio, un tale gli aveva ficcato la testa nel cesso, gli aveva puntato una pistola alla nuca e aveva strillato: la roba, dove hai nascosto la roba, mentre altri frugavano dappertutto. Erano poliziotti. Finito in galera, c'era rimasto sei mesi. Poi s'era capito che non aveva roba. Applausi, sghignazzi, lazzi. "Bravo, Otello!" Niente roba.

"Meglio di Cinzia," mi ha sussurrato Darcuzzo.

Ho pensato, mentre rientravo lentamente dentro i miei vestiti: "Un po' di italiano l'ha imparato. Da chi?" E poi con un sussulto: "Eholor, dove hai messo la mia borsa?"

Per parlare, l'aveva poggiata di lato alla cattedra. La borsa non c'era più. Né s'è mai ritrovata. Gli ho fatto scrivere cento volte il trapassato remoto del verbo 'smarrire'.

La madre di Belinda

Politicamente il collega Zanella, vecchio militante Cgil, odia Manzoni: un democristiano dell'Ottocento, lo cataloga con astio. E ripete in tutte le salse: "Altro che umili". E cita: "Si è occupato degli umili come la Società protettrice degli animali si occupa degli animali".

Per anni e anni ha letto quell'autore ai ragazzi del biennio con astio, ironizzando, ridendo da solo e gridando: "Che smancerie, com'è appiccicoso". Ma da qualche tempo Manzoni si sta aprendo un varco dentro il suo petto come un tumore maligno. Zanella comincia a leggere sul sarcastico. Ma dopo poche righe quest'uomo rude, sanguigno, si appassiona suo malgrado e farfuglia come don Abbondio, minaccia come i bravi, afferra il pugnale come Renzo, cava dal petto possente vocine flebili come se fosse Lucia.

Qualche tempo fa il preside è entrato nella sua classe all'improvviso, attratto dal vociare che si sentiva dal corridoio. Zanella era lì, ma già da un pezzo non era più Zanella. Era Gertrude, la Signora. E avanzava con passo languido dalla finestra al banco dove siede la sua allieva Tiraboschi Belinda. E s'andava arricciando ciocche impudiche di capelli. E si assestava i seni sotto un'immaginaria tonaca da monaca di Monza con manacce pelose e bianche di gesso. E, schioccando i labbroni baffuti, diceva insinuante: "Tocca a voi, cara Lucia, dirci se questo cavaliere era un persecutore odioso". Al che l'allieva Belinda rispondeva a Zanella: "Signora... madre... reverenda...". E il resto della classe si colpiva le ginocchia con manate di entusiasmo, ridendo scompostamente.

Il preside ha subito chiuso la porta lasciando Zanella nello smarrimento, mezzo Zanella, mezzo monaca di Monza, un po' a scuola, un po' in convento. Ma non ha mai fatto cenno con nessuno allo spettacolo a cui aveva assistito. Ha solo detto ai bidelli di tener d'occhio quell'insegnante sospetto attraverso il buco della serratura, nel caso desse improvvisamente in escandescenze.

Dal canto suo il collega Zanella ha accentuato pubblicamente il suo astio verso Alessandro Manzoni.

"Un gesuita," l'ha definito con me. E poi: "Malato di nervi". Non solo: "Sadico". Ancora: "Un vile". Inoltre: "Predicava bene e razzolava male". Per di più: "Il classico intellettuale italiano". Infine: "Non era nemmeno figlio di suo padre".

Anche sullo stile ha avuto da ridire. Stile cafone, da lombardo che si rimpannuccia con panni toscani. "Perché diamo tanto spazio a uno che s'è permesso di scrivere: 'liberi non sarem se non siam uni'?" mi ha gridato un giorno pretendendo che ripetessi quel verso per farmi entrare nel midollo spinale lo stesso ribrezzo che provava lui.

"E la madre di Cecilia?" mi ha interrogato strattonandomi. Voleva che vomitassi su quella bambina morta che figura nel brano più strappalacrime di tutta la letteratura mondiale.

"È il trionfo stucchevole del 'ma'" mi ha voluto dimostrare. E pretendeva di sapere da me: "Ti verrebbe mai in mente di scrivere una cosa così? Senti com'è la madre di Cecilia".

Ha cominciato a citare a memoria: "È una donna di giovinezza avanzata ma non trascorsa, con una bellezza velata e offuscata, ma non guasta, di un'andatura affaticata, ma non cascante". Strillando infine: "Ma quanti 'ma'!"

Non era mai sazio di scempiare la prosa di Manzoni, quel giorno. A un certo punto ha recitato: "Portava essa in collo una bambina di forse nov'anni, morta". E ha riso come un matto dicendo tra i singhiozzi: "Capisci? Forse nov'anni!" Io non capivo. Allora mi ha spiegato: "Un bambino o ha nove anni o non ce li ha. Nove anni è un'età precisa, da certezza anagrafica. Se tu, Manzoni, sei in forse sull'età di Cecilia, devi scrivere: 'intorno ai dieci anni'. Non 'di forse nov'anni!' Come 'di forse nov'anni'?" E ha concluso: "Manzoni è gonfiato, caro mio. È gonfiato". Gli è andata la saliva di traverso e son dovuto correre a prendergli un bicchiere d'acqua.

Dopo quella sfuriata, per qualche giorno è apparso più tranquillo. Ma ieri sono passato davanti alla sua classe e ho visto il bidello piegato ad angolo retto con l'occhio alla serratura. Mi ha sentito arrivare ed entusiasta mi ha fatto cenno con la mano: 'Corri, corri!'.

La voce grave di Zanella risuonava nitida oltre la porta dell'aula, nel corridoio: "Scendeva dalla soglia d'uno di quegli usci, e veniva verso il convoglio, una donna...".

Ero restio ad accettare l'invito, ma sotto la pressione di una manaccia del bidello che mi premeva dietro la nuca con occhi festosi e invitanti, mi sono chinato a guardare dal buco della serratura.

La classe era paralizzata da un innaturale silenzio. Zanella era diventato la madre di Cecilia.

Un portento. A cinquant'anni e passa era riuscito a darsi un aspetto che annunziava una giovinezza avanzata ma non trascorsa. Malgrado i baffoni, e pur essendo di Ascoli Piceno, ostentava quella bellezza molle e a un tempo maestosa che brilla nel sangue lombardo. La passione grande e un languor mortale gli velavano e offuscavano un pochino il corpo bello, ma non glielo guastavano. E incedeva dal termosifone alla prima fila di banchi con un'andatura affaticata, ma non cascante.

Non sembrava vero. C'era una luce, nell'aula, che rendeva Zanella violaceo, da carro dei monatti. Portava esso in collo una fanciulla di forse quindici anni, morta, con certi capellacci arruffati in testa ma trattenuti da una gran pinza rossa, e una camicetta color pistacchio e un paio di jeans spaccati sui ginocchi da cui affiorava il bianco del collant. La teneva seduta sul braccio, col petto appoggiato al petto, come se fosse stata viva. E una manina bianca come cera, adorna di cinque anelli per ditino e smalto viola sulle unghie aguzze, spenzolava da una parte con una certa inanimata gravezza. E il capo posava sull'omero polputo di ... n abbandono più forte del sonno.

La fanciul... a era Tiraboschi Belinda, che il mio col... a in collo declamando.

... o guardare quella scena, era troppo com... evo andare via. Ma un po' perché il bidel... va per gli sghignazzi a stento contenuti e ... ora di condividerli con me e, in un prossi... l preside) mi teneva la mano sulla nuca ... di scollare l'occhio dalla serratura; un ... stesso non trovavo la forza di allontanar... sono rimasto. E quando la madre di Be... o a Solimano Francesco del primo banco, ... va come se fosse un turpe monatto: "Pas... verso sera, salirete a prendere anche me, ...", non ce l'ho fatta più e ho cominciato a ... e se Tiraboschi fosse mia figlia.

SOC. COOP.
ERMES LIBRARIA
V. DI GIURA 213
P.I. 00716950761
0053
19/05/92
VARI 28.000
CONTAN 28.000
1 N.ART.
0056 A001
TL.43012 POTENZA
MF1B 11121963

Il motore

Il collega Alassio è l'ultimo rimasto, nella scuola dove insegno, a pensare che la classe operaia sia il motore della storia. Alcuni indagano con ansia: "La storia ha ancora un motore?" Altri si tormentano chiedendosi: "Chi è il nuovo motore?" La maggioranza se ne frega non solo del motore ma anche della storia. Il collega Alassio invece è categorico. "C'è poco da fare," dice: "senza classe operaia non marcia nemmeno l'orologio."

Naturalmente anche lui ha i suoi dubbi. Che la storia abbia il suo motore, gli sembra incontestabile. Come tutti, però, vorrebbe sapere dove va, così motorizzata. Perciò segue con apprensione quello che succede alle Grandi Narrazioni, alle piccole, alle medie, alle barriere ideologiche, ai muri, ai muretti, al Nord che va al Sud, al Sud che viene al Nord, al comunismo che tra qualche anno per capire il significato di questa parola ci vorrà una nota a pie' di pagina, alle classi, ai blocchi, al mio bloc-notes su cui cerco di annotare quello che dice mentre parla e intanto lui chiede: "Che scrivi? Smettila".

Lo preoccupano soprattutto le nuove generazioni. Sono tristi – dice – e allampanate e grasse e disorientate e alla storia e al motore non ci pensano nemmeno per sbaglio: o vanno in parrocchia per mistici godimenti o in discoteca per rapimenti estatici.

Alassio fa da sentinella ai giovani da anni. Per sorvegliarli si serve dei compiti in classe. Grazie a quelli scheda tutti i suoi allievi: cosa pensano, quali miti hanno, che lavoro fanno i genitori. L'attività lavorativa di padri e madri per lui ha un valore didattico fondamentale. Più fanno lavori infami, più Alassio si prende a cuore la sorte dei loro figli. La qual cosa significa che si occupa intensamente di tutti o quasi tutti i suoi allievi. Infatti in questo nostro istituto di borgata i genitori fanno chi più chi meno lavori infami. Il ceto medio è scarsamente rappresentato. Al massimo c'è qualche piccolo bottegaio e qualche impiegatuccio i cui figli Alassio cerca di tirar su meglio di come sono diventati i genitori. Ma in genere i giovani vengono da famiglie di tessili, di edili, di chimici e di metalmeccanici. E Alassio li coccola, presta loro i suoi libri, li invita a casa sua, li presenta alla moglie e ai suoi bambini. Ogni tanto qualche genitore si insospettisce per tutte quelle premure e va dal preside a chiedere: "Preside, che è questo interesse morboso del tal professore per mia figlia?" Ma il preside, anche se non ama Alassio perché è un piantagrane, rassicura il genitore dicendo: "No, caro signore, questo insegnante non è un maniaco sessuale, come si potrebbe credere. È solo uno che prende molto sul serio la sua missione di educatore".

È successo di recente che il nostro collega ha dato un compito in classe la cui traccia era: "Una coppia decide di mettersi in viaggio di piacere. Definiscila con cura dal punto di vista sociologico e racconta le sue avventure".

"Bel tema," gli ho detto io che sono sempre a corto di idee.

Ma Alassio aveva letto gli svolgimenti ed era scontento. "Leggi qua," mi ha detto mostrandomi il compito della sua allieva Colella Selvaggia.

Ho letto e ho scoperto che Colella raccontava in un italiano molto innovativo (cioè zeppo di strafalcioni) di come tale Giada, di mestiere fotomodella, fosse partita in compagnia d'un pilota di Tornado per una vacanza in Kenya.

"Beh?" ho chiesto.

"Suo padre sta su una betoniera tutto il santo giorno," mi ha informato Alassio con un ghigno doloroso.

"E con questo?"

Alassio, perché capissi meglio il problema, è passato a leggermi altri svolgimenti con altre coppie strepitose. Giornalisti e giovani antiquarie partivano per la Norvegia e contemplavano fiordi; agenti di borsa e arredatrici passavano il Natale in California; una spogliarellista e un suonatore di cornetta trascorrevano una settimana di sogno in Marocco; un dj e una giornalista di tg fuggivano insieme ad Haiti, ma non si capiva perché.

Contemporaneamente il mio collega mi illustrava i mestieri di coloro che avevano generato gli autori e le autrici di quei resoconti di viaggio: uno lavorava in una fabbrichetta della Valle del Sacco e usciva di casa alle quattro di notte per trovarsi puntuale sul luogo di lavoro; una madre vedova lavava le scale in un condominio; un padre malato di polmoni faceva il camionista.

"È chiaro?" si inalberava Alassio passandomi un foglio dietro l'altro. Ai suoi occhi il futuro dei giovani era pieno di sogni insensati, di rischiose evasioni, di mestieri senza calli, di energie sperperate senza produrre, di sudori della fronte e delle ascelle causati soltanto dal piacere. Il suo compito di educatore – mi diceva cercando di farmi dire: 'il nostro compito di educatori' – non era chiudere gli occhi e far finta di niente. Per riportare gli alunni alla memoria dei bulloni e della calce, aveva distribuito a tutti 3.

"Così imparano," ha concluso e io non ho osato chiedere che cosa.

Poi è arrivato il signor Colella, padre dell'allieva Selvaggia.

Questo Colella era cupo: corpo tozzo esposto alle intemperie, mani grandi, vecchio militante Cgil come del resto Alassio, furioso per i cedimenti, le svendite, i compromessi, i tradimenti e altro. Il mio collega è stato felice di trovarsi in presenza di una rotella del motore della Storia, ma il signor Colella non è sembrato altrettanto contento. Aveva preso un'ora di permesso apposta per sapere perché la figlia Selvaggia s'era visto appioppare 3 al compito. E ha chiesto appunto: "Perché?"

Il collega Alassio ha provato a spiegarsi, convinto di trovarsi di fronte a una persona che, per disposizione non naturale ma economico-sociale, poteva capirlo più prontamente di me. Senonché ha incontrato subito qualche ostacolo: un occhio troppo feroce, un fremito del labbro, le manacce pericolose che si agitavano più del normale. Inoltre il signor Colella lo ha interrotto dopo poche parole per sapere anche: come mai seguitava a invitare a casa la sua bambina avanzando la scusa: "Vieni, ti presto le lettere dei condannati a morte della Resistenza"?

Il mio compagno di lavoro allora, per evitare equivoci, gli ha letto tutto il compito di Selvaggia con l'aria di chi dice: "Senti qua!" E poi ha concluso, dandogli una manata confidenziale tra le scapole: "Tu sulla betoniera e lei fotomodella col pilota in Kenya! Dove sta andando il mondo?"

Alassio voleva essere confortato sullo stato dei pistoni universali e sull'universalità della meta. Era pronto a sfogarsi così: sono disperato, ci sono troppi inghippi che ci ingrippano, come ti pare che marcio? Ma Colella ha risposto: "Fotomodella o no, smettila di ronzare intorno a mia figlia". Quindi ha aggiunto: "Ti ci metterei a te sulla betoniera!" Infine: "Perché mi dai del tu? Chi ti credi di essere? Abbiamo mai mangiato nello stesso piatto?"

Dissegnanti

ad Anita Raja

1.

Ho un'alunna che cambia continuamente nome. Non me ne stupisco. Ho avuto allievi che ogni mattina, a lezione già incominciata, entravano dalla finestra invece che dalla porta. Ne ho avuti altri che, durante le mie ore, preferivano sedere per terra o sulla pedana della cattedra, invece che dietro un banco. Ho dovuto sedare risse selvagge, con sedie e banchi che all'improvviso cominciavano a volare per aria come se le mie lezioni sprigionassero un'energia paranormale. Ho affrontato classi femminili spaccate in fazioni che si strillavano perfidie e ingiurie per motivi oscuri. Ho fronteggiato crisi epilettiche, crisi mistiche, crisi di panico, crisi puberali, crisi d'astinenza. Ho tollerato masturbazioni sottobanco e silenziosi sfoghi intestinali. Ho sollevato dal pavimento fanciulle prive di sensi, pesanti fino allo stremo, che svenivano almeno una volta al mese, sopraffatte da bufere ormonali. Sono stato umiliato a braccio di ferro da sedicenni che mi sfidavano quotidianamente per dimostrare che avevano muscoli più poderosi dei miei. Ho sopportato adolescenti che strimpellavano la chitarra e canticchiavano mentre leggevo la *Gerusalemme liberata*. Perché dovrei prendermela, se questa mia alunna un giorno si chiama in un modo, un giorno in un altro?

Ho qui un foglietto che registra il suo sfarfallio onomastico: s'è chiamata nell'ultima settimana Gioia Del Colle, Sibilla Salute, Grazia Deis, Melissa Godano, Serena Sventura, Michela Stobene, Dolores Indolore. Sono nomi graziosi, fuori registro, carichi ora di desideri, ora di disagio, sicuramente più significativi di Zanni Ornella che è il suo vero nome. Non me li rivela facilmente, quei nomignoli: si capisce che preferirebbe l'anonimato. Ma io l'incalzo, la prego, la supplico, interrogo le sue amiche, piagnucolo, mi dispero perché non mi vuole più bene. E quando in qualche modo le strappo il nome del giorno ("Dolores Indolore!"), lo rendo pubblico festosamente, lo comunico agli altri insegnanti ("Zanni oggi si chiama Dolores Indolore!"), lo dico ai bidelli, rifaccio l'appello fino a "Indolore Dolores!" e pretendo che lei mi risponda: "Presente". Se mi accorgo che si imbarazza, chiedo ad alta voce, alla classe: "Cosa c'è di male a cercarsi ogni volta un nome che segnali uno stato d'animo, un sentimento?" Poi concludo: "Brava, Dolores, continua così".

Da anni governo le classi a questo modo, con gentilezza. Mi sono convinto che il sapere è il catalogo ragionato degli orrori gratuiti del mondo. Gli allievi, imparando, scoprono cose orribili sui destini dell'uomo, del pianeta, dell'universo. Dalla storia all'astrofisica ogni nuova nozione serve solo a consolidare l'idea che nascere è stato un grave errore. Perché allora peggiorare le cose con toni burberi, neri silenzi, minacce? Un buon insegnante deve condurre i suoi allievi per le vie della Necessità con garbo, con affetto, con sollecitudine, con estro. Da decenni mi sforzo di essere un buon insegnante.

2.

"Zanni Ornella," dico. È l'ultima in ordine alfabetico. Silenzio.

"Come ti chiami oggi?" le chiedo.

Mi risponde l'amica di Zanni, Storano Samantha: "Se te lo dice, finisce che la chiami".

Succede sempre così. Storano vuole spiegarmi che Zanni cambia nome per sfuggire a un'etichetta, non per vedersene appiccicata un'altra.

"No, non la chiamo. Mi serve solo per sapere che c'è."

Zanni e Storano si consultano. Vedo che Zanni dice: no no e no. Intanto il resto della classe si annoia per quel rito quotidiano: sono ragazzi; pensano che do troppo spago ai capricci del primo che si sveglia la mattina e vuole scapricciarsi. Preferirebbero che strappassi subito a Zanni il suo nome di giornata e ci giocassi divertendoli come so fare io. O che, se la loro compagna fa la sostenuta, passassi a un'esaltante manifestazione di ferocia, seguita da qualche atto decisamente crudele.

Lo ammetto: mi annoio anch'io, Zanni va per le lunghe, avverto pulsioni criminali. Ma, invecchiando, sono diventato insofferente con gli adulti e più paziente coi ragazzi. Ormai so che niente cambierà: seguiterò a insegnare saperi senza redenzione, raggi della cattiva stella, badando a non fare troppo male ai miei allievi. E mi meraviglio che gli altri insegnanti possano distribuire i segni delle loro discipline con meccanica superficialità e culto rigoristico della funzione. Io sento che Zanni e tutti quanti gli altri vanno consolati per ogni mio sigillo.

"Questo nome, Zanni!"

"Forse te lo dice più tardi," mi comunica Storano.

Allora organizzo una messinscena dell'allegria. Lo faccio sempre, prima di dare inizio alla lezione. Fingo che se n'è andata via la voce e per un po' muovo le labbra emettendo stentati, impercettibili suoni gutturali. Poi recupero l'uso delle corde vocali e accenno a lanciare il registro contro un tale dell'ultimo banco che sta chiacchierando col suo compagno. Quindi corro alla finestra per buttarmi giù gridando: "No, basta, ancora un'ora con voi, non ce la faccio più". Infine mi ricompongo, mi placo: ma all'improvviso barcollo per la classe come un ubriaco, mi accascio su un banco chiedendo un bacio, mi rialzo, mi strofino la schiena lamentandomi: "Che dolore, come sono vecchio, ahi ahi".

Li faccio ridere, a crepapelle. Per un po' sono il loro buffone. Mi piacciono quando ridono: hanno denti ancora sani, risate limpide; sembrano d'animo buono e destinati alla felicità.

Poi dico bruscamente: "Basta".

È un segnale che non ammette discussioni. Loro si

ricompongono, prendono il quaderno degli appunti, si preparano ad annotare. Io faccio la voce grave e mi estraggo dal petto carestie, pesti, catastrofi, inferni, purgatori, massacri, assassinii, stupri di pastorelle, esaltanti amori extraconiugali, inquisizioni a caccia di peccati, roghi, lunghe galere per filosofi e poeti, regole locali, regole universali, regole ferree, eroi erranti per errori possibili, errori probabili, errori in agguato, errori ortografici, errori.

Mentre parlo, a volte mi rendo conto che dovrebbero vietarmi ai minori. Invece mi stipendiano perché ai minori racconti la storia dell'umanità per piccoli ma saporosi assaggi: vessazioni, violenze, dominio dei pochi sui molti, poesia e prosa dei cattivi sentimenti travestiti nel finale da buoni sentimenti di buoni d'animo che hanno commesso ogni sorta di misfatti contro quelli d'animo cattivo.

I minori, in genere, si salvano solo perché, per una convenzione non scritta, tutto ciò che risuona nelle aule, falso o vero che sia, non li turba: sono solo 'lezioni scolastiche', 'esercizi', 'compiti'. Ma con me non c'è scampo. So di avere cose importanti da rivelare e, con tutta la cautela di cui sono capace, gliele rivelo.

Li seduco col gioco, uso la parola con destrezza. Li incanto. Se uno accenna a distrarsi, gli faccio ciripiripì con le dita sotto il mento, lo inserisco nome e cognome nella vicenda che sto riassumendo, tiro dentro tutto ciò che gli è caro (canzoni, cantanti, fumetti, tv, motori, donne, pizze al taglio), ne dimostro la futilità. Faccio terra bruciata di ogni angolo in cui potrebbero rifugiarsi. La classe intera non può sganciarsi per una sola frazione di secondo da me. La devo sentire stupefatta con la bocca a "Oh!". Ed essa deve sentire l'orrore del vivere, del futuro necessitante, della scansione inevitabile dell'esistenza, dell'indomabile ferocia del prossimo. Non uno spettacolo, non una canzone, non un romanzo avvincente, non una star canterina riesce a salvarsi dall'onda d'umor nero che sollevo citando da quel libro e da quell'altro. Finché non sono io a dire di nuovo: "Basta". E a boccheggiare per finta, tanto per allentare la tensione. E a gridare: "Non ce la faccio più, mi avete succhiato l'anima, vampiri". E a correre a sdraiarmi sul ripiano della cattedra con le braccia in croce invocando: "Sono il bello addormentato. Zanni, un bacio, accorri. Un bacio o muoio. Vuoi far morire il tuo povero insegnante, Zanni?"

Zanni non risponde. Non si chiama Zanni. Mentre la classe si ristora col riso a vedermi morente tra registro cancellino e gesso, mi rendo conto che Zanni non c'è, non ride, e non posso nemmeno richiamarla all'ordine.

Ignoro il suo nome. Per la prima volta non sono riuscito a farmelo dire.

Intanto la campanella sta trillando la fine dell'ora. Mi rialzo, chiedo con dolcezza: "Come ti chiami?"

Storano, la sua amica, mi dice:

"Non si sa. Non l'ha detto nemmeno a me".

3.

Ho sbagliato qualcosa? Sono giorni che Zanni non mi rivela più il suo nome. D'altra parte non risponde quando chiamo: "Zanni Ornella!" È evidente che seguita a chiamarsi in altro modo.

Ma non è solo questo. Zanni non mi dice più niente di sé. Cosa so dei suoi genitori? Com'è finita tra suo padre e sua madre? Il padre se n'è andato di casa? Sono stati sfrattati o hanno avuto un'altra proroga? La nonna, che era molto malata, è morta oppure no? Suo fratello ha sempre bisogno di lezioni private? Sua sorella era davvero incinta? Mi ha sognato ancora? Le fa sempre paura il dentista? S'è messa col giovane idraulico che insisteva tanto? Ha finito di leggere *Cime tempestose*? S'è convinta che Eros Ramazzotti non vale una cicca?

A pensarci, è un po' di tempo che tutta la classe mi racconta sempre meno i fatti suoi. Gli alunni continuano diligentemente a leggere i libri e a vedere i film che consiglio, a fare ricerche sui temi che desidero siano approfonditi, a porre domande intelligenti e appassionate. Ma, per esempio, se chiedo: "Qual è il cantante che ti piace?", diventano vaghi, dicono che non sanno. Quando adocchio qualche libro non scolastico che hanno nello zaino e spio con lo sguardo il titolo, sono costretto ad annotare manovre che tendono a nascondermi copertina e dorso. Perfino i problemi che pongono ho spesso l'impressione che non siano quelli veri, ma falsi problemi impostati con voce sofferta soltanto per me.

Certo, ho sempre un grande ascendente su di loro. Credo anzi che la mia autorità vada vertiginosamente crescendo. Ma sento che si è verificata una scissione tra i pensieri che stanno imparando a pensare per amor mio e quelli che vanno pensando come un peccato, in segreto, solo per amor loro. Ho l'impressione che ne soffrano. Perciò sono diventato più gentile del solito. Mi seggo tra i banchi, insieme a loro. Mangio le loro merendine. Lascio che Storano Samantha si segga lei in cattedra, tant'è vero che a volte entra il bidello e chiede: "Il professore dov'è?"

Ero seduto al posto di Storano e lei era lì, che troneggiava sulla mia sedia, quando ho scoperto che sotto il banco, ben nascosto, c'era un disco. L'ho preso e ho cominciato a esaminarne la copertina.

"Samantha!" ha gridato Zanni come se volesse suonare chissà quale campanello d'allarme. Storano s'è slanciata dalla cattedra e mi ha strappato quel disco di mano. Nel farlo il disco è sgusciato dalla custodia e s'è scheggiato contro un piede del banco. Storano non se n'è curata. Confusa, mi ha detto annaspando tra le parole: "Non è mio. Me l'hanno prestato. Però lo restituisco oggi stesso".

"È un disco interessante," ho detto col tono che loro conoscono bene. È un tono compreso, competente ma carezzevole, che assicura verità, conforto e risarcimento. La tecnica è questa: comincio dicendo "interessante" e poi, di passaggio in passaggio, mostro le trappole tese alla loro coscienza dai testi delle canzoni, dalla musica, dal timbro di voce del cantante, dai colori che il grafico ha scelto per la copertina; finché i piaceri che hanno provato si rovesciano in senso di colpa, in percezione della propria inadeguatezza, in necessità di dedicare più tempo alle cose che contano.

"No, non è interessante," ha detto Storano. E poiché io insistevo ("È molto interessante"), si è ficcata i due indici nei fori delle orecchie e ha gridato con falsa allegria: "Non voglio sentire, non voglio sentire".

È stato allora che mi sono convinto che il gioco di Zanni stava esercitando un'influenza negativa su tutta la classe. E mi sono ricordato di aver sognato che mi sognava. Ero nel suo sogno e provavo imbarazzo. Mi stava sognando senza occhiali, senza capelli, senza denti, senza polmoni, senza tonsille, senza sesso.

"Zanni, come ti chiami oggi?" le avevo chiesto.

Nessuna risposta.

4.

"Bel disastro," ho commentato raccogliendo la scheggia del disco e andando a buttarla nel cestino. Quindi ho deciso di ricorrere a una lezione collaudata, di sicuro effetto nei momenti difficili: quella sul ruolo del prefisso 'dis'.

"Noi viviamo," ho detto, "sotto il dominio del dis."

Gli studenti hanno subito preso il loro quaderno degli appunti. Io ho scritto alla lavagna: "dis".

"Il dis disfa tutto ciò che amiamo e apprezziamo," ho detto. E ho proposto: "Un servizio diventa..."

Coro: "Disservizio".

"Un amore diventa..."

Coro: "Disamore".

"Un onore diventa..."

Coro: "Disonore...".

"Un incanto diventa..."

Coro: "Disincanto".

"Se mi associo può accadere..."

Coro: "Che ti dissoci...".

"Se vi degno poi succede..."

Coro: "Che ci disdegni".

Li ho placati con un gesto della mano. Il dis – ho spiegato – dissolve ciò che leghiamo saldamente insieme a difesa, a custodia, a tutela del meglio di noi; o di quello che ci pare il meglio. "Il dis disumanizza il mondo sparpagliandolo a brani di qua e di là. Il dis è forza che scempia, pressione di venti contrari. Il dis distrae, distoglie, disquatra."

E ho ammonito: "Badate al dis". Seguitando: "L'astro maligno genera disastro. L'ordine cede scompaginandosi in disordine. Privati della grazia, cadiamo in disgrazia. Ragazzi, ragazze: badate al dis".

Quindi ho detto, con una brusca torsione del discorso: "Prendiamo Zanni Ornella. Ornella ogni giorno si disornella. Ma a forza di disornellarsi, non sa più chi è".

Volevo le risate, mi aspettavo che a quel punto ridessero. Ho atteso un secondo. Nessuno ha riso. Allora ho provato un senso di esclusione. Desideravo che soprattutto Zanni ridesse. E mi sono rivolto a lei con studiata mitezza:

"Disornellata?"

Silenzio.

"O disinibita?"

Silenzio.

"O disabitata?"

Silenzio.

"O disanimata?"

Silenzio.

"O dissennata?"

Silenzio.

"O disagiata?"

Silenzio.

"O disarmata?"

Disarmata? Solo a quel punto la ragazza ha dilatato le pupille marroni e mi ha detto con disprezzo, come se volesse disintegrarmi:

"Dissegnante".

La classe ha riso.

5.

Non so che faccia ho fatto. Forse solo stupita, forse delusa, forse sofferente come se mi avessero squarciato il petto con un trinciapollo. Uno dei problemi del racconto in prima persona è che non puoi mai descrivere l'espressione che hai. Certamente non dovevo avere una bella faccia. E Zanni, a vedermela, deve aver pensato di avermi fatto più male di quanto potesse supporre di farmene. Sicché non è riuscita a sopportarlo, ha preso giacca e libri, ha infilato la porta ed è sparita senza chiudersela alle spalle.

Ho aspettato che tutto tornasse al suo posto dentro di me. Quando mi sono sentito ricomposto, ho detto pacatamente:

"Dite a Zanni di rientrare".

Storano si è alzata ed è andata a chiamare la sua amica. È rientrata subito dopo per dire:

"Non c'è".

Non c'era? Dov'era? Le gambe si sono mosse per me, di corsa per i corridoi, per due rampe di scale, nell'atrio, nel cortile, per strada, in cerca di Zanni. Ora la vedevo che correva scansando agilmente i passanti. L'aria fredda mi faceva male ai polmoni. O forse era il fiato corto.

Quando l'ho raggiunta, l'ho presa delicatamente per un braccio. Non volevo che gridasse. Avevo in mente cose tipo: basta, ora me la paghi, abbandonare l'aula, andiamo dal preside, sospensione. Ma già quando s'è girata e l'ho vista pallida come una foto in bianco e nero, sono finito in parole quali: discutiamo, che succede, perché, dove ho sbagliato. Poi per la prima volta mi sono reso conto che non eravamo più in classe, che anch'io avevo abbandonato l'aula e i suoi compagni, irrigiditi nei banchi per lo stupore. Eravamo per strada e auto andavano auto venivano: un'ambulanza, gente che ci vedeva lì fermi, stravolti, e ci sorpassava e pensava girandosi a guardarci: "Che vuole quello? Carabinieri?"

Ho provato un crescente imbarazzo. "Perché sono qui?" ho pensato. Le ho lasciato il braccio, a disagio. Ho scoperto che fuori di scuola non sapevo che dirle. Ero intimidito come se dovessi parlare a una sconosciuta.

Ho detto: "Scusa".

Lei s'è messa a ridere, riacquistando il colore.

"Non arrivare al punto di svanire," l'ho pregata a bassissima voce, ma insicuro sulla sintassi, sui modi, sui tempi e ora, mentre scrivo, sull'ortografia.

Lei ha riso più forte, rinfrancata.

"Come ti chiami?" ho chiesto.

Ha risposto:
"Ornella Zanni".

6.

Ora aspetto di cambiare. Vorrei cambiare i libri che amo, i ricordi, le tiepide passioni che ancora nutro, la vocazione a pronunciare le parole giuste davanti a un pubblico di adolescenti, l'urgenza di sedurli, il piacere di sapere che gli piaccio e che vorrebbero diventare come me. So che Zanni cambiava nome perché non la trovassi più. A volte la guardo di nascosto e dal viso di donna che affiora sotto quello di bambina capisco che va gustando il mondo con qualche dispiacere, senza disgustarsene per amor mio.

Le ore

1.

La collega Majello afferra gli anni scolastici per il bavero e li scuote con disperata energia. È una donna minuta, timida, appena sopra i quaranta. A scuola ha un incarico di rilievo: ogni anno, tra settembre e ottobre, mette a punto l'orario delle lezioni. In quei mesi, appena ho un'ora vuota, corro in biblioteca, dove so che si rintana, per farle compagnia mentre lavora. È una vecchia abitudine: mi metto seduto in un angolo e sto lì a guardarla. Lei passa il tempo in piedi, solo un ginocchio appoggiato a una sedia. S'è tolta l'orologio e l'ha messo sul tavolo. Con lo scotch ha fissato davanti a sé certi tabelloni bianchi su cui sono segnati i nostri cognomi, le classi, i giorni della settimana. Consulta elenchi, fogli, foglietti. Parla ad alta voce, da sola, come se non ci fossi.

"Ti do fastidio?" le chiedo.

Risponde: no.

Ha qualche filo bianco nei capelli, che non si tinge. È truccata in modo che sembra senza trucco e si veste nascondendo fianchi e seno. Mentre sistema le nostre ore di lavoro secondo la gabbia che ci imprigionerà per tutto l'anno (prima ora quarta B, seconda ora: buco, terza e quarta ora quinta B, quinta ora terza B), mi immagino certe divinità delle stagioni, sempre giovani, velate, danzanti tra fiori e vinchi. Ma lei non è più giovane, non si copre con veli, forse non sa nemmeno ballare. Ha solo la matita in una mano, la gomma nell'altra. Ogni tanto tempera la matita, ogni tanto lecca la gomma per cancellare meglio.

Certe volte provo a scherzare. Le dico: sei una delle Ore; e la chiamo coi nomi di quelle signore mitologiche. Majello sorride e continua a lavorare. "Mi chiamo Rosaria," ribatte, ma con mitezza.

In effetti so poco o niente delle Ore. E ancor meno ne sanno i miei colleghi, interessati soprattutto all'orario. Considerano la collega Majello non un'Ora, ma una madonna di Fatima che fa miracoli. E vengono da lei in pellegrinaggio per ottenere che maneggi il loro tempo di lavoro in modo da farglielo scorrere addosso senza sforzo.

In genere cominciano con tono supplice.

"Majello, mi dai il sabato libero?"

"Vengo da Montecompatri e vorrei entrare tutti i giorni non prima delle dieci."

"Ti prego: lunedì, venerdì e sabato non darmi la prima ora. Tocca a me accompagnare la bambina all'asilo."

"Si possono avere due giorni liberi? Nella scuola di mio marito li danno. Il sabato e il lunedì. Ma andrebbe bene anche il venerdì e il sabato. Secondo me non è illegale. Tu dici che è illegale?"

"Io vengo da Frascati. Mi potresti fare lo stesso orario che fai alla collega Scalea di Montecompatri? Così veniamo in macchina insieme."

"Non ho mai chiesto niente. Questa volta però non posso farne a meno. Non voglio mai entrare alla prima ora. Solo le ultime. Mi raccomando."

"Fammi l'orario che ti pare, ma senza buchi. L'anno scorso avevo almeno due buchi al giorno e il venerdì tre. Per piacere, niente buchi."

Passano pochi giorni e la processione ricomincia. Ma il tono ora è protervo.

"Mi hai dato il sabato libero?"

"Vengo da Montecompatri. Hai presente cosa significa Montecompatri-Roma, Roma-Montecompatri?"

"Le prime ore no. Me la porti tu la bambina all'asilo..."

"Anche mia cognata ha due giorni liberi. Ammetto che non è legale. E con ciò?"

"La benzina chi me la rimborsa? Lo sai quanto costa venire tutti i giorni da Frascati?"

"Ti avevo detto: solo le ultime e mai le prime. T'ho mai chiesto niente?"
"Un buco? Non voglio buchi!"
Infine i colleghi arrivano a raffica, un minuto sì e uno no, con tono minatorio:
"Sabato libero."
"Montecompatri."
"La bambina."
"Due giorni liberi."
"Frascati."
"T'ho mai chiesto niente?"
"I buchi no!"
A volte devo uscire dalla stanza per non dare in escandescenze al posto di Majello. Ma lei scrive e cancella, scrive e cancella, sempre gentile. E poi finalmente mostra la prima stesura dell'orario definitivo.
Nessuno è contento. Sommosse, urla, pianti. Il sabato. Quanti buchi, quanti buchi. La bambina. Montecompatri e Frascati. Cortei dal preside per protestare contro le angherie della collega Majello.
"Lasciaci senza orario," io le consiglio, mentre lei riprende a limare, segare, cancellare. "Metti tutto nelle mani del preside che non sa nemmeno consultare l'orario delle Ferrovie."
Majello stringe le labbra per non far vedere che le tremano. E lavora. E rifà l'orario. E diventa più piccola, più magra, più grigia. E alla fine, non so come, otteniamo tutti il sabato libero; quelli che aspiravano alle prime ore hanno solo prime ore e se la battono entro le undici; quelli che volevano entrare a mezzogiorno, sbadigliando entrano a mezzogiorno; i buchi sono più rari che nell'acciaio inossidabile; la collega di Montecompatri va e viene in macchina con quella di Frascati; i bambini sono depositati regolarmente all'asilo; e c'è persino chi ha quasi due giorni liberi: venerdì un'ora sola, la prima, e sabato vuoto come un cinema di periferia.
Gli studenti naturalmente protestano. Hanno matematica sempre all'ultima ora e ci sono giorni assassini in cui le materie più plumbee gli ingrigiscono la vita peggio del mare sotto nuvole gonfie. Poi anche loro si adattano alle stagioni secondo Majello.

2.

Tre anni fa il collegio dei docenti decise di affidare il nostro orario a un computer: gruppi di insegnanti scontenti ritenevano che Majello, nell'organizzare le ore di lavoro, commettesse molte ingiustizie. Lei non si difese. Per un po' ci tenne il broncio, ma poi apparve rasserenata e all'improvviso cominciò a venire a scuola in bicicletta. Non c'era mattina che non mi superasse mentre ero immobilizzato nel traffico. Passava pedalando con perizia, scollata dal sellino, mascherina antismog, e mi faceva "ciao" con la mano. Appena uscito dall'ingorgo, mi gettavo all'inseguimento e dopo un po' la sorpassavo strombazzando.

Una mattina l'aspettai davanti al bar per offrirle un caffè.

"Che pedalata," la lodai.

"M'è venuta voglia di un po' di moto," mi confidò.

"Sono curioso di vedere se il computer se la cava," dissi solo per farle capire che ero dalla sua parte.

Lei si schermì: "Basta con le vostre ore". E sorseggiammo in silenzio il caffè.

Il Consiglio di Istituto, intanto, aveva consegnato a un'agenzia specializzata i nostri desiderata di docenti con famiglia a carico, doppio lavoro, notti bianche, sonno pesante fino a mezzogiorno, residenza fuori città, salute molto precaria, frustrazioni da intellettuali senza intelletto. Ma non tutto stava andando liscio. Eravamo centosessantotto insegnanti, quell'anno, ciascuno con almeno quattro bisogni fondamentali di cui l'orario non poteva non tener conto, se non si volevano rovinare famiglie e distruggere esistenze. Conseguenza: l'agenzia, nel porre mano alla programmazione delle nostre ore, si era trovata di fronte a seicentosettantadue esigenze imprescindibili, tutte diverse, e a un paio di migliaia di esigenze prescindibili ma solo con gravissimo danno dei richiedenti. Disperato, il tecnico che se ne doveva occupare decise di venire a parlamentare con le autorità scolastiche.

La mattina in cui si presentò il programmatore, arrivai a scuola con la collega Majello. Dopo la bicicletta, era passata a guidare la vespa del suo figliolo diciannovenne e mi aveva invitato a fare la strada insieme. Fu un'esperienza da batticuore. Scoprii che, da donna compassata e guardinga, era rapidamente diventata vispa e spericolata. Lungo il rettilineo che portava a scuola, già da due o tre giorni faceva gare di velocità con gli studenti, china sul manubrio, zainetto zebrato sulla schiena, casco rosa con cuoricino azzurro. Per vincere con me incollato dietro, dovette dare gas da forsennata. Temetti per tutto il percorso di cadere e finire all'ospedale; o sfracellarmi un ginocchio troppo sporgente durante un sorpasso da kamikaze. Invece arrivammo sani, salvi e inconsuetamente felici.

Il tecnico comparve più tardi, verso le undici, su una Yamaha di non so quanti cavalli. Il preside lo affidò a Majello, l'unica che si intendesse sia di orario che di elettronica. Senonché quel giovane non si intendeva né dell'uno né dell'altra, mi disse poi d'ottimo umore la mia collega. Aveva parlato con lui per un'ora e un quarto e se ne era convinta: ora temeva seriamente per il nostro orario. Ma in compenso – esclamò dimenticandosi di avere un marito e tre figli – quel ragazzo era di una bellezza da spasmo intestinale. E le sue alunne, a sentire la descrizione del programmatore, lanciarono gridolini tutto il giorno, soprattutto per assecondare Majello in quella sua sorprendente regressione verso l'adolescenza.

Gli allievi si erano legati molto a lei, in quei giorni di settembre. I ragazzi avevano scoperto che, dietro la donna cupa e di poche parole che sapeva solo giostrare con le cifre e raccontare aneddoti insulsi sul marito o i figli, c'era una signora che era in grado di montare e rimontare motori di motorini, che era capace di prolungati equilibri su una ruota sola e che, sebbene insegnante di matematica, conosceva molto bene le canzoni di Sting. Ora le stavano sempre intorno oscillando tra le equazioni di secondo grado e i problemi contraccettivi.

Anch'io mi sentivo bene. Gli studenti non avevano ancora acquistato i libri di testo. Il magazziniere non aveva ancora distribuito i registri personali. I programmi ministeriali erano come cartapecore arrotolate che nessuno aveva voglia di cominciare a svolgere.

E l'orario provvisorio induceva all'improvvisazione. Così, sia durante che dopo le lezioni, rispondevo senza stancarmi né infastidirmi a tutte le domande degli studenti. E più rispondevo, più loro me ne facevano. Nelle mie classi c'era sempre un clamore indisciplinato di gente che perde tempo senza rimorso.

Le volte che ci incontrammo al bar, in quel periodo, Majello e io cominciammo a confrontare entusiasti i quesiti che i giovani ci ponevano. A un certo punto decidemmo di segnarceli su un foglietto. E scoprimmo che, in due giorni, ci avevano chiesto nell'ordine: "Che cos'è il teorema di Gödel? Cosa si salva del marxismo? Cosa ci salva dal marxismo? È vero che 1000 anziani ballarono il liscio a Pechino nell'aprile del 1968? Cos'è uno spondeo? Registra segnali Secam? Cos'è un test Dna? Lei si farebbe mettere incinta da una provetta? A quale età ha fatto l'amore per la prima volta? È meglio dire 'fare l'amore' o 'avere un rapporto sessuale'? Questo è un preservativo? Ci crede ai fenomeni paranormali? C'è la vita dopo la morte? Se la comprerebbe una Yamaha RD500YPVS? Ha paura di morire? E la Porsche 911? Esiste l'anima? Chi è che dice 'io' e mi pensa dentro? C'è una parola per tutto? Com'è che spesso provo cose per cui non ci sono le parole? Dio esiste? Il diavolo esiste? Omero è esistito? Cos'è la biotecnologia? Cos'è la donna bionica? Chi è Bion? Dio conosce tutte le parole, anche quelle che non sono state inventate? Cosa bisogna dire a uno che sta per morire? Si può usare 'gli' invece che 'a loro'? Cos'è la sinestesia? Ha paura dell'anestesia totale? Lei lo sposerebbe un sieropositivo? E un senegalese? Cos'è un'alcaica? E un'alcova? E una soluzione alcalina? Cos'è un determinante? Cos'è un determinativo? Con questo naso chi mi amerà mai? Cos'è una matrice triangolare superiore? E una direttrice? Lei rispetta le gerarchie? Cos'è un genoma?"

Sorvolammo, per pudore, sulle risposte che avevamo di volta in volta dato a quelle domande. Invece passammo un po' di tempo a chiederci: che vogliono da noi? siamo enciclopedie? vocabolari? dizionari dei sinonimi e dei contrari? Ma si vedeva che eravamo entrambi contenti del credito immotivato di cui godevamo presso gli studenti.

Chiacchiera e chiacchiera, a un certo punto ebbi l'impressione che non avesse voglia di tornare in famiglia. Di solito sfoderava il marito come una sciabola da carabiniere e tagliava le frasi a metà senza darti modo di finire il discorso. Adesso no. Si vedeva che le piaceva perdere tempo. Spesso mi colpiva lievemente col dorso della mano su un braccio, ma non in modo invadente o infervorato, solo per essere certa che non mi distraessi. "Ti pare?" ripeteva. Io rispondevo: sì, mi pare. E mi chiedevo: "Che succede a Majello?"

Il giorno seguente tornò il giovane tecnico di superba bellezza. Trascorse tre ore in biblioteca con la mia collega, e lei ne uscì allegra come se le avesse fatto il solletico. Dopo volle che andassimo al bar. Aveva una bella camicetta nuova che svelava un seno insospettato. Faceva scintille con gli occhi, ma si conteneva tacendo. Poi sbottò:

"Mi ha chiesto di andare al cinema oggi pomeriggio".

"No!"

"Sì. Per farsi consigliare sull'orario."

"Forse gli piaci."

"Ti sembro una che piace?"

"Certo."

"Dici sul serio?"

"Eh."

"Un cappuccino?"

"Prendo un caffè."

Alla fine di settembre diventò bionda. Per mostrare il nuovo colore dei capelli, quando scorrazzava in vespa non portava più il casco. Il giovane programmatore venne ancora un paio di volte ad aspettarla sotto scuola con la sua moto, suscitando l'entusiasmo delle alunne che lo consideravano un poster. Majello si intrattenne un po' con lui e la Yamaha, ma poi optò per la sua vespa, tanto più che la mattina mi aveva dato uno strappo e non era educato lasciarmi a piedi. Per strada, mentre ingoiavo polvere e vento senza trovare riparo dietro la sua schiena esile, mi raccontò che lui le telefonava spesso e a volte le proponeva: incontriamoci, discutiamo. Il marito era un po' seccato, i figli la prendevano in giro. Lei pareva molto lusingata.

"Vieni anche tu," mi disse una volta che il giovanotto le chiese di vedersi per un tè. Voleva che mi divertissi a osservare come era in difficoltà con le nostre ore e i desiderata.

Declinai l'invito. Mi sembrava chiaro che si era innamorata. Si era innamorata come capita alla gente sulla quarantina. Una metamorfosi: ora che si truccava con cura, le vedevo gli occhi grigi; e la bocca ben disegnata; e persino certi fianchi femminili che prima non si notavano. Quel giovanotto, se non era una cima in fatto di soft, sapeva come fare per estrarre una donna da un fagotto.

Del resto, non era solo rinata nel corpo; era anche piena di energie e di idee. Cominciò a rimproverarci perché eravamo docenti fiacchi, di scarso impegno scolastico. Ma lo faceva con simpatia, solo per comunicarci la sua voglia di fare. E mi telefonava a casa alle ore più impensate: una volta per propormi di lavorare insieme a una ricerca sull'assenteismo nel nostro istituto; un'altra volta perché scrivessimo una lettera al preside denunciando la cattiva gestione dei sussidi audiovisivi; un'altra ancora per contestare l'istituto delle gite scolastiche. Infine mi spinse a improvvisare in quattro e quattr'otto insieme a lei un questionario per gli studenti. Voleva sapere come avrebbero cambiato la scuola media superiore, se avessero potuto.

Restammo a scuola tutto un pomeriggio: un deserto, il bidello che ogni tanto faceva capolino per chiedere sul sarcastico: "Che dite, ce ne andiamo a casa?" Lavorammo per ore a quel questionario e la mattina dopo ne presentammo la bozza al preside.

"Politica?" lui chiese.

Lei assicurò: no.

"Sesso?"

Lei assicurò: no.

"Va bene, fate quello che vi pare," concluse il capo di istituto, ma ricordandoci: quando andrà in vigore l'orario definitivo, basta; non si può perdere il tempo così.

Ci affrettammo a battere a macchina, fotocopiare e distribuire il questionario. Per la verità fece tutto Majello, che non si fermava un attimo e d'altra parte non appariva mai stanca. Si era messa certi orecchini antichi, di fine Ottocento (lei che non portava mai orecchini), capaci di valorizzarle non solo il lobo, ma l'intero padiglione. Mi disse: "Sono di una mia bisnonna". Ma mi sembrò così contenta di portarli, che mi venne in mente la bisnonna del programmatore.

"Un regalo?" chiesi con tono complice.

No: ribadì con occhi vispi che erano proprio della sua bisnonna.

Non mi convinse. Mi immaginai lei e quel giovanotto nel corso dei loro convegni segreti. Lui a torso nudo, muscoloso, ancora abbronzato, una catena d'oro massiccio al collo, si accendeva una sigaretta e diceva, accennando al mio orario: "L'ora di italiano di venerdì in IV B la sposto alla prima ora di sabato..." E lei ribatteva: "No, sabato no. Il sabato lo vuole libero".

Provai un lieve fastidio. Preferivo che il mio tempo fosse manipolato da Majello in solitudine, come era accaduto in passato. Ci conoscevamo, eravamo ormai abbastanza amici, le sue dita sui miei secondi non mi disturbavano. Quell'estraneo invece, di cui sapevo solo che era bello, d'un tratto gettò una luce sgradevole sul fatto che un numero non meschino di ore della mia esistenza si dovesse per forza chiamare 'italiano', 'storia', e non per esempio: 'aria di mare', 'cappuccino e cornetti', 'miraggi', 'fata Morgana'.

L'aiutai, un pomeriggio di primo ottobre, a schedare i risultati del questionario. Eravamo seduti a un tavolo del bar sotto scuola. Majello prendeva ogni tanto un foglietto da una pila ammucchiata di lato al suo tè e mi diceva cacciandosi via i capelli dagli occhi con un soffio: "Senti".

Ascoltavo e annotavo. Molti studenti invocavano il latino fin dall'asilo, interrogazioni a sorpresa e a raffica, le pene corporali in caso di resistenza all'apprendimento, una selezione durissima, un controllo più rigoroso sulla preparazione degli insegnanti, sanzioni per i docenti assenteisti, multe ai bidelli che non rimuovevano i rifiuti (torsoli di frutta varia, bucce, cartacce unte di pizze rosse, kleenex usati, gomme ben masticate), gli stessi che quei giovani intransigenti avevano abbandonato nelle aule e per i corridoi ignorando l'uso del cestino.

A ogni scheda, alla domanda: "cosa siete disposti a fare per cambiare la scuola", loro rispondevano, ma con espressioni più intense di quella che io uso qui: sodomizzare, sodomizzare, sodomizzare. Elencavano con dettagli anatomici molto esagerati sodomie da compiersi su zingari, neri, asiatici, calabresi, siciliani e napoletani, arabi, handicappati, poveri in canna e consumatori di canne, anche se non direttamente coinvolti nella vita scolastica, ma insediati solo nelle vicinanze. Poi passavano a promettere di sodomizzare compagni e compagne di banco, professoresse e professori, preside e vicario del preside, genitori e nonni di varie autorità scolastiche, su su fino al ministro.

La sodomia era l'unica radicale riforma della scuola media superiore che i nostri alunni riuscissero a concepire. A volte proponevano di sodomizzare non le persone, ma l'edificio scolastico stesso o quello del Ministero della Pubblica Istruzione. Calcolammo, infine, che almeno trenta schede facevano l'ipotesi di sodomizzare ora Majello, ora me, a turno, specialmente per quel questionario che avevamo distribuito.

In altri tempi credo che si sarebbe almeno intristita. Era rigida nei costumi sia privati che pubblici, e sono certo che avrebbe abbandonato lo spoglio seduta stante e avrebbe chiesto che le schede fossero consegnate al preside. Invece prima disse: colpa dei genitori, dei giornali, della tv, di noi insegnanti, della scuola com'è. Poi cominciò a ridere.

Io, se uno ride, non riesco a trattenermi: rido anch'io come uno scemo.

"Piangi?" chiedevo tra i singhiozzi.

"Sono lacrime di risate."

"Non c'è niente da ridere," ribattevo col petto che mi doleva.

"Educhiamo bestie."

"Bestie che allevano bestie."

"Prima ora: storia."

"Seconda: matematica."

"Più vengono a scuola, più si imbestiano."

E a ogni scheda di quel tipo, io facevo roar, lei miao, io grrr; lei sgrunf, io muuu, lei bau. Gli avventori del bar, a vederci e a sentirci, si consultavano col barista, che ci conosceva, e lamentavano ad alta voce che con i loro contributi lo stato ci pagasse lo stipendio. Il barista a voce altrettanto alta si dichiarava d'accordo con i suoi clienti. Ma noi non ci sentimmo offesi. Fu un bel pomeriggio.

Il giorno dopo ci fu consegnato il nostro orario definitivo, che venne illustrato dal giovane programmatore. Il computer aveva messo a punto due ipotesi. Con una si soddisfacevano tutte le nostre richieste. In alcuni giorni (martedì, mercoledì e giovedì) cominciavamo ad affluire a scuola quasi tutti dopo le dieci, con comodo, e lavoravamo in compresenza, da sei a dieci in una sola classe, con arditi esperimenti interdisciplinari; in altri (venerdì, sabato e lunedì) la scuola bisognava o chiuderla per mancanza di insegnanti (tutti in giorno libero) o tenerla aperta al massimo per un paio d'ore (le prime due).

Nell'altra ipotesi la scuola funzionava con regolarità, ma solo alcuni dei desideri di noi docenti erano stati soddisfatti e senza nessun criterio decifrabile se non la cecità del caso. Chi veniva da Montecompatri entrava sempre alla prima ora e senza la compagnia di chi veniva da Frascati, che lavorava solo dopo le undici. Chi doveva accompagnare la figlia all'asilo lo poteva fare, ma un giorno solo alla settimana. Alcuni entravano alla seconda ora, lavoravano per una sessantina di minuti e poi dovevano aspettare la fine della quinta ora per tornare in classe.

Vagliate le due ipotesi, ci accorgemmo che la prima ci avrebbe portati a dure sanzioni disciplinari e la seconda al disastro. Ci furono urla, pianti, anatemi; i rappresentanti di tutte le sigle, sindacali e non, si riunirono e dichiararono unitariamente due ore di sciopero; fiorirono dazebao feroci o sarcastici; si tenne un corteo interno di insegnanti e studenti.

Majello, anche se il giovane tecnico stava ricevendo più insulti e sputi di Gesù Cristo con la croce in spalla, apparve felice come una pasqua. Credo che le piacesse, tutto sommato, sentirsi apprezzata per il lavoro svolto negli anni passati. E mi ricordo che sospettai persino: "Ha raggirato il tecnico. Lo ha sedotto per dargli false informazioni e subdoli consigli. Tutto pur di trionfare a questo modo". Poi li vidi uscire insieme e pensai: forse no.

Nel pomeriggio, durante un burrascoso collegio dei docenti, Majello fu acclamata a gran voce. Poiché era di bassa statura e non tutti potevano vederla, la invitammo a salire su un banco. Era radiosa per l'affetto che in centosessantotto le tributavamo. Il preside ci fece cenno di calmarci, ma noi volemmo intonare ugualmente il coro: "Majello, Majello, ci hai sempre dato il meglio". E le affidammo all'unanimità il compito di orchestrare il nostro orario definitivo con la perizia di sempre.

Ma lei rispose con un improvviso ritorno di timidezza: ho da fare, le ore, mio marito, non posso, grazie, tre figli, capite, vediamo, forse, non so.

Tentammo in tutti i modi di convincerla. Si arrivò persino alla rissa tra la fazione che aveva premuto per affidare l'orario definitivo all'agenzia e la fazione che fin dall'inizio aveva sostenuto Majello e ora voleva punire manescamente i suoi detrattori. Il preside, preoccupato soprattutto di dover mettere lui mano alla selva di esigenze di famiglia e d'altro tipo, tutte inconciliabili col lavoro, pose fine alla seduta ordinando a Majello: "Signora, ci rifletta. E venga nel mio ufficio dopodomani".

Lei, una volta concluso il collegio, riacquistò la sua composta allegria. Mi venne incontro, disse confusa: "oh basta!" e ci accordammo per incontrarci il giorno dopo e finire di schedare i risultati del questionario.

Si presentò all'appuntamento (alle tre del pomeriggio, in una squallida aula del primo piano) elegante e profumata. Cominciammo a esaminare le schede. A ogni foglio sorrideva tra sé e sé. Spiai per un po' quel suo stato di benessere e d'un tratto mi sembrò di capire: si stava servendo di quel suo attivismo scolastico ed extrascolastico come paravento per celare la sua tresca alla famiglia: una volta finito con me, sarebbe corsa dal suo amante, e poi tornando a casa avrebbe detto: che noia, che fatica, la scuola.

"Sei contenta, eh?" le chiesi.

"Sì."

"Lo vedi stasera?"

"Chi?"
"Il programmatore."
"L'avranno licenziato."
"Gli hai dato consigli sbagliati."
"Io?"
"Sì che l'hai fatto."
"Ma no."

Pensai che non volesse confidarsi e decisi di aspettare che ne sentisse il bisogno. Sembrava seguire soprattutto un filone nuovo che aveva individuato nelle risposte degli studenti. La assecondai in attesa che ci affiatassimo. Con la penna cominciai a disegnare l'edificio scolastico che i ragazzi parevano auspicare. Dopo un po' risultò che la scuola avrebbe avuto un campo di calcio, un campo da tennis, un campo per la pallacanestro, una piscina e un autodromo per le gare di velocità in auto o in motoretta. Essa inoltre avrebbe offerto: una sala multiuso per esibizioni musicali e canore, proiezioni di video autoprodotti, spettacoli teatrali, prime cinematografiche, dibattiti e concerti di star internazionali; una tipografia per stampare giornali, riviste e la produzione in versi e in prosa di studenti, insegnanti, bidelli, applicati di segreteria, genitori; un museo per conservare opere d'arte delle categorie su indicate; un'officina meccanica ben attrezzata per montare e smontare motori d'ogni tipo, costruirne di nuovi, adattare carrozzerie, riparare marmitte; un osservatorio astronomico; un laboratorio elettronico zeppo di personal computer e in grado di fabbricarne altri; un pezzo di terra da lavorare, un altro da tenere a pascolo, un cospicuo numero di camere da letto per fare l'amore; e non mi ricordo cos'altro.

Alla fine contemplammo il foglio. Si era delineata una miniatura di metropoli – una città di adolescenti autosufficienti, con molti negozi per lo shopping, uno snack bar, molti pub, un Grande Magazzino per andare a fare spese in coppia col carrello spinto a quattro mani, un pronto soccorso per crisi di astinenza da eroina e un laboratorio di analisi cliniche per capire se ti eri preso l'aids o qualche altra brutta malattia.

"Non ci sono aule," scoprimmo di colpo, contemporaneamente.

"Non c'è orario delle lezioni," disse Majello.
"Non c'è lezione," dissi io.
Erano previsti soltanto seminari per discutere come parlar di sé senza diventare noiosi, come accettarsi e farsi accettare anche se stupidi o brutti o grassi, come abituarsi all'idea della morte, come convivere con l'invidia e la gelosia, come odiare serenamente, senza arrivare all'assassinio o al sadismo, come voler bene e farsi voler bene, come non sentirsi soli e abbandonati, come imparare a ridere di se stessi prima di ridere degli altri, come soffrire senza mai scantonare nel patetico, come riconoscere la felicità prima che sfumi in un lampo. Ma si capiva che nessuno dei nostri alunni pensava di rivolgersi a noi, per risolvere quei problemi.
Ci guardammo incerti. Era un pomeriggio di nuvole, ventoso, e i vetri vibravano. Resti delle discipline che disciplinavano metà della nostra giornata giacevano in forma di sconnessi fregi bianchi sopra la lavagna e sembravano non tracce di appassionate lezioni, ma segmenti di filo spinato. L'aula era in penombra. Andai ad accendere la luce al neon, a disagio tra i banchi di fòrmica vuoti sotto i quali rinsecchivano torsoli di pere, chicchi d'uva, patatine tritate, bocconi di merendine. E, una volta illuminato quel panorama desolato su cui, come una figurina in un album, era incollata Majello con i suoi colori ben scelti, provai una vaga volontà di fuga. Pensai sconnessamente: ore di magia, ore di batticuore, ore di sussulti, ore di ipertensione. Dissi ad alta voce: "Mah". E mi accorsi che desideravo giacere al più presto dentro il mio orario definitivo.
Mettemmo ordine tra le schede, le impacchettammo con un elastico azzurro.
"Sei innamorata?" chiesi a Majello per evitare il silenzio.
Ammise con circospezione, a bassa voce:
"Sì".
"Ma non di tuo marito."
"No, da molto tempo no."
"Del povero programmatore," dissi.
Sbarrò gli occhi, schiuse la bocca dipinta e mostrò

genuina meraviglia. L'aveva visto tre o quattro volte in tutto e non lo sentiva più da parecchio. Come mi era venuto in mente?

"E allora di chi?" le domandai incredulo.

Sorrise facendo la misteriosa:

"Perché dovrei dirtelo?"

Ammisi che ero un impiccione e aggiunsi:

"Comunque sono contento per te".

Contento proprio non so. Provo sempre una vaga amarezza quando vedo dilatarsi intorno agli altri una sorta di alone. Non è invidia per l'aureolato, ma per la persona o la cosa che sono riuscite a generare quel bellissimo effetto di luce. Possibile che il suo seduttore non fosse quel giovane di mirabile aspetto ma solo uno stinto collega anestetizzato da diciotto ore di ragioneria o non so cosa – pupazzo elettronico che ogni settimana da quindici anni faceva sempre le stesse domande, otteneva sempre le stesse risposte – un impiegato chiuso nel suo orario con sabato libero o lunedì, solo le prime ore o solo le ultime, nessun buco – tempo da imbalsamato imbalsamatore come siamo tutti?

"Bene, abbiamo finito," le dissi un po' a disagio. E seguitai: bella esperienza, mi ci voleva, grazie grazie, se non era per te. Lei mi chiese con circospezione se provavamo a sintetizzare per iscritto il senso di quella nostra esperienza. Risposi incerto: "Ma..." Poi aggiunsi: l'orario... In effetti non so cosa volessi dire.

Il giorno dopo accettò l'incarico di lavorare all'orario definitivo. Alcuni dissero che non desiderava altro. Altri sostennero che il preside le aveva strappato il consenso con i suoi modi sempre un po' ricattatori. Altri ancora – ma sottovoce – ipotizzarono che aveva di nuovo accettato quel compito perché fare l'orario le dava il potere di gestire il tempo degli altri come le pareva, ora favorendo questo, ora vendicandosi di quello. Costoro naturalmente appartenevano alla fazione che aveva sempre avversato Majello e che ora temeva di pagarne il fio.

Quanto a me, mentre su di lei ricadeva la responsabilità del nostro orario di lavoro, cominciai a spiare con curiosità lievemente astiosa i colleghi di sesso maschile che le ronzavano intorno.

Impresa difficile. Erano molti, da quando era diventata bionda e socievole. Scarrozzava questo in vespa, con quell'altro andava al bar durante la ricreazione, con quell'altro ancora scambiava battute complici o passeggiava a lungo nel cortile durante un'ora senza lezione. Sicché fece prima lei a produrre il solito orario perfetto, capace di scontentare pochi e accontentare i più, che io a capire chi l'amava e da chi si lasciava amare.

Il giorno in cui fu esposto l'orario, tutti ci affollammo a grappolo per vedere se la vita sarebbe scivolata fino a giugno secondo i migliori auspici. I suoi nemici fissarono a lungo il tabellone imprecando per i desideri (rarissimi) che non vedevano realizzati. Qualcuno, come al solito, le sottopose qualche spostamento per migliorarsi ulteriormente la vita. E Majello, gentile come al solito, acconsentì. Solo in un caso ci fu un increscioso battibecco. Una nostra collega di natura rancorosa aveva scoperto che, spostando un'ora di italiano il mercoledì e un'ora di storia il venerdì, e mettendo in quelle caselle svuotate le sue ore di inglese, avrebbe ottenuto non so quali necessari vantaggi per sé, per i suoi figli, per una zia invalida. Majello, che in genere era accondiscendente, fu cortese ma ferma. Disse no no e no.

"Italiano e storia non si toccano," concluse. Mentre litigavano, consultai la tabella e scoprii che quelle ore, oggetto di contestazione, erano le mie.

"Forse..." mi intromisi. Ma lei mi zittì. E la collega di inglese uscì sbattendo la porta.

A partire dal giorno dopo, la gelatina delle ore ci cadde addosso. E l'anno, a metà ottobre, prese ritmi mortuariamente definitivi. Non osai dire mai a Majello che il mio orario era il più brutto dell'ultimo decennio: pieno di ore vuote, di prime ore, di ultime. Fu una sgradevole sorpresa, ma la tenni per me. A dire il vero, quando aveva deciso di dedicarsi di nuovo a quel lavoro, avevo pensato che mi avrebbe favorito, visto che le ero stato silenziosamente d'aiuto nella sua storia sentimentale facendole ora da alibi ora da schermo. Perché mi aveva fatto quella scortesia? Decisi di raffreddare i nostri rapporti.

Non fu possibile. Adesso la incontravo continuamente. Col nuovo orario finivo per dare il cambio sempre a lei e lei lo dava sempre a me. Prendevamo servizio alla stessa ora e smettevamo di lavorare alla stessa ora. In comune erano anche le ore in attesa di eventuali sostituzioni degli insegnanti assenti. Tra una lezione e l'altra, abbondavamo entrambi in ore senza alcunché da fare. Così, stretti nella morsa di tutto quel tempo libero, alla fine moltiplicammo le cortesie e le chiacchiere: come va, che fai di bello, la circolare n. 32, ma, no, sì.

"E la tua storia?" le chiesi una volta, colpito dal fatto che la vedevo tranquilla, ma non più scintillante com'era stata.

"Così."

"È un buon periodo per te," azzardai.

"Abbastanza."

"Chi è lui?"

Ribadì: "Non sono cose che si dicono".

Ma, come per farsi perdonare di quella reticenza, tornò a propormi di organizzarci e scrivere un saggio a quattro mani sui risultati del questionario. E appena cominciò l'inverno, data la perfetta coincidenza del nostro orario, cominciammo a venire a scuola con una sola automobile, una volta la mia, una volta la sua, per poter discutere di quel lavoro. Alla fine di novembre il saggio era finito: diciannove cartelle. Proponevamo, con un tono divertito molto di maniera, di trasformare la scuola in paese dei balocchi e mandare a casa tutti gli insegnanti. Nessuno volle pubblicarcelo.

"Fa niente," lei disse. Era stato bello pensarci, parlarne, scriverlo, correggerlo, limarlo. Grazie. "No, grazie a te."

Dopo Natale, cominciammo a incontrarci sulla soglia delle aule senza sapere cosa dirci. Avevamo consumato tutti gli argomenti di conversazione già in automobile. Anche in sala professori, durante quei buchi nell'orario, o leggevamo il giornale o un libro: andare al bar tutti i giorni rischiava di diventare troppo dispendioso. In più, i colleghi sghignazzavano a vederci sempre insieme. E poi cosa ci saremmo detti?

"È Pirrotta?" le chiesi una volta, tanto per ingannare il tempo.

"No."
"Ferreri?"
"Lui?"
"Perini."
"Simpatico."
A marzo smettemmo di andare a scuola con la stessa automobile. Ed entrare e uscire dalle classi era diventato così meccanico, che a volte non mi accorgevo né di essere uscito né di essere entrato e nemmeno di lei, che avevo incontrato sulla soglia. Mi tiravo dietro per i corridoi spezzoni di versi, episodi di tragiche vite di poeti, alunni melensi che volevano chiarimenti o ponevano cervellotici quesiti per mettersi in buona luce. Una volta annotai distrattamente che la radice dei capelli le era tornata bruna: il biondo andava ormai sbiadendo. E a un certo punto, malgrado la primavera, la vidi di nuovo infagottata, senza seno, senza fianchi.
Mi sembrò di capire.
"È finita?" chiesi.
"Credo di sì," mi rispose con un sorriso scialbo.
"Anche per lui?"
"Sì."
"Era uno della scuola?"
"Sì."
"Possibile che non sia riuscito a individuarlo?"
"Bastava guardare l'orario," mi rispose.
Passai il resto dell'anno a fissare, nel tempo libero, l'orario redatto da Majello. Non riuscivo a trovare la chiave per risolvere l'enigma. Feci molte ipotesi: forse l'amante aveva lo stesso suo giorno libero e in quel giorno se ne andavano a fare l'amore chissà dove; forse lei aveva assegnato a se stessa e a lui una mattina in cui entravano a scuola alla prima ora e poi non lavoravano fino all'ultima, in modo da avere a disposizione dalle 9 alle 12 per amarsi in qualche motel; forse avevano entrambi ore libere coincidenti con le ore in cui nello spogliatoio della palestra non c'era nessuno, sicché correvano a chiudersi lì per consumarsi a forza di carezze.
Ma Majello era stata spartana con se stessa. L'orario delle sue lezioni era tanto disagiato, da non poter

essere assimilato a quello di nessun altro: il suo giorno libero era il martedì e nessuno si era scelto quel giorno insensato; come nessuno aveva tanti buchi; e nessuno entrava alla prima ora per languire in ozio come lei fino alla quinta. Pirrotta, Ferreri, Perini – docenti sui cinquanta, col doppio lavoro, sempre pronti a scappatelle extraconiugali per rifarsi della brutta vita che facevano – avevano orari da nababbi, mai un minuto perso, solo il minimo indispensabile per entrare e uscire dalle aule. Certo, Majello aveva ragione: a studiare quelle ore di lavoro con attenzione, si potevano individuare molte relazioni clandestine, molte amicizie nascenti che chissà come si erano evolute nel corso dell'anno scolastico. Ma lei? Era stata gentile con tutti o quasi, e spietata solo con se stessa e con me. Del suo amante segreto non riuscii a trovare traccia.

3.

Alla fine di quell'anno – in ricordo del quale coltivo con devozione l'immagine di Rosaria Majello che corre in vespa con i capelli biondi – rinunciai a indagare, rinunciai a capire.

Non passa giorno che non rinunci a qualcosa: ora a questo, ora a quello. Lo faccio per prudenza, per noia, per timore. Continuo soltanto, ogni anno, con perseveranza, a far compagnia a Majello mentre ci chiude nelle nostre ore come in sacchetti da congelatore. Lei si accorge appena di me. Tra settembre e ottobre combatte col tempo a colpi di matita e di gomma. Certe volte vince, certe altre perde.

Travestimenti

Ho abbandonato la classe per un minuto solo: mi aveva chiamato il preside. Quando sono rientrato Tamburrano Simona si era infilata il mio impermeabile. Ora circolava tra i banchi con quell'indumento sgualcito e inzaccherato addosso, tutta ingobbita, il passo strascicato, un certo modo frenetico di usare le mani, il medio della sinistra piegato sul palmo, la voce da faringite cronica che salmodiava sonnolenta: "La poesia pascoliana è densa di agghiaccianti dettagli da obitorio...". Poi ha finto un respiro mozzo, si è fermata apoplettica e ha rantolato: "Da obitorio, sì". Ha ripreso mestamente fiato e ha aggiunto: "Non è chiaro?" Quindi: "Avete capito?" E ancora: "Mi seguite?" Infine: "Da obitorio"; mentre la classe ripeteva in coro: "Sì, è chiaro, abbiamo capito, ti seguiamo, è chiarissimo, come no: da obitorio".

Mi sono fermato sulla soglia a guardare lo spettacolo. Nessuno si è accorto di me, ma mi sono ugualmente acconciato sulla faccia un sorriso. Non volevo sembrare suscettibile, anche se pensavo con crescente orrore: "Sono io quello? Piego il medio a quel modo? Dico queste sciocchezze? Questi sono i miei intercalari? Ho la gobba? Strascico i piedi così? È questo lo spettacolo che do di me?"

D'Orazio ha gridato dal posto:

"Fai quando si gratta in testa".

Tamburrano s'è portata pollice, indice e medio tra i capelli e s'è scavata il cranio facendo espressioni di grande godimento. Risate.

D'Orazio ha ordinato:

"E adesso fa' quando si sdraia sul banco".

Tamburrano è andata al primo banco e ci si è seduta sopra con un gemito. Poi ha accavallato le gambe e si è protesa verso Solofra Giusy che sedeva lì, chiedendo con voce cavernosa: "Hai dei problemi? Come mai hai usato l'indicativo invece del congiuntivo? Non sai che coi verbi che esprimono opinioni, desideri, speranze, ipotesi ci vuole il congiuntivo? Hai dei problemi? O piuttosto non hai opinioni, desideri, speranze, ipotesi?"

Ho pensato: "Sono così scemo? Faccio proprio così? La pensione, la pensione. Un milionetrecentonovantamila al mese. Basta".

Ma poi non mi sono saputo controllare: con un balzo di imprevedibile leggerezza, ho afferrato uno zainetto vuoto e me lo sono sistemato sotto il maglione per farmi un seno di belle speranze. Quindi mi sono piegato un po' sulle ginocchia per significare: "Tamburrano è tracagnotta". Ho buttato una gamba di qua, una di là, e via per l'aula con un'andatura sgangherata da chioccia contenta. La classe, superato il disorientamento iniziale, ha dato pugni sui banchi, calci nell'aria, sghignazzi.

Risollevato per il successo che stavo ottenendo, ho deciso di fare un altro giro a quel modo. Ma Tamburrano, che si era fermata a guardarmi come se non mi avesse mai visto prima, si è strappata il mio impermeabile di dosso, l'ha scaraventato per terra e se n'è andata a piangere accanto al termosifone.

D'Orazio ha detto: "Tamburrano piange". Ho provato a ricompormi, ma senza riuscirci: i piedi se ne andavano di qua e di là e, invece di sbarazzarmi dello zainetto vuoto con cui m'ero fatto un seno opulento, mi lisciavo il maglione come se volessi dire: che bel seno che ho. La classe, impietrita, pareva tuttavia molto soddisfatta di me.

Ho ordinato senza convinzione: "Tamburrano, torna al tuo posto," ma la voce mi è venuta in falsetto e Tamburrano s'è messa a piangere più forte. Allora ho raccolto l'impermeabile dal pavimento, soprattutto per evitare che restasse lì a terra come la pelle smessa di un serpente.

Di nuovo

Ieri pensavo a lei, alla collega Marotta. Mi chiede spesso di aprirle il suo cassetto per controllare se gli studenti le hanno nascosto lì dentro un topo morto. Sostiene che una volta ce l'ha trovato. E me l'ha descritto con cura: era un topo di fogna grigio scuro, coi baffi, grande così.

Io non ci posso credere. D'altra parte Marotta è una donna molto seria: di mezza età, nubile, di carattere gentile, molto colta, coi capelli radi uno bianco e uno nero, oleosi. È difficile pensare che menta. Anzi giura sulla mamma, morta trentadue anni fa, che gli studenti le misero la carogna del topo nel cassetto quando col programma si trovava tra Ippolito Nievo e la Scapigliatura milanese. Lei indica il tempo così: con gli autori e le correnti letterarie previsti dal Ministero molti decenni fa.

Le apro il cassetto con cautela, perché i topi morti fanno ribrezzo anche a me. Non c'è niente: solo una spazzola per i capelli, pacchi di compiti puntualmente corretti e il registro.

Marotta intanto si informa su quello che vedo.

"Il topo c'è?" mi chiede a dieci passi di distanza, pronta a scappare per il corridoio.

La rassicuro: no.

Lei prende il suo registro, mi ringrazia e va disciplinatamente a lavorare.

Qualche volta si trattiene un po' e mi informa:

"Quest'anno faccio di nuovo *La ginestra*".

"Anch'io," rispondo.

E scambiamo quattro chiacchiere sull'ultimo Leopardi. Lei cita saggi usciti più di quarant'anni fa, ma ne parla come se fossero recenti. A differenza di me, li conosce non per sentito dire, ma perché li ha letti.

Amo molto gli insegnanti come la collega Marotta. In vita loro hanno soltanto insegnato. Di pomeriggio preparano le lezioni sugli stessi libri su cui studiarono da giovani con ottimi risultati. A sera correggono compiti usando gli stessi segnali in rosso e in blu che usava il loro insegnante del liceo. La mattina arrivano sempre puntuali, fanno l'appello, interrogano con metodo partendo un giorno dalla A, un giorno dalla Z, e poi ripetono ad alta voce agli studenti le cose che impararono decenni prima all'università.

Hanno poco da spartire con gli insegnanti-architetti, gli insegnanti-ingegneri, gli insegnanti-pubblicisti, gli insegnanti-sindacalisti, gli insegnanti-artisti, gli insegnanti-bottegai, gli insegnanti coi grilli per la testa. Non c'è una virgola in comune tra loro e quelli che arrivano a scuola con auto portentose, il telefono attaccato alla cintola come una rivoltella. La collega Marotta ha visto poco o niente del mondo di fuori, e intanto vede sempre più cose dentro il suo cassetto. Questi colleghi invece, che vedono il mondo in lungo e in largo e ci raccontano a volte, quando hanno un attimo libero: "Non sapete che significa lavorare sul serio: è terribile, è spaventoso, le responsabilità, la fatica" e sembrano dei Marco Polo che hanno visto un mostruoso Catai o dei Giovanni dalle Bande Nere, vittoriosi dopo una battaglia che è stata un macello – questi colleghi nel loro cassetto non vedono niente di niente. A volte non vedono nemmeno i loro allievi.

Preferisco la collega Marotta: mai una parola in più; attenta alle sfumature; timidissima, ma dura come l'acciaio inox; donna di intelletto sciupato in un lavoro vano coscienziosamente svolto. La sua vita è misurabile in tanti Manzoni, tanti Leopardi, tanti Verga. I giorni sono scanditi dal programma ministeriale che avanza a marce forzate in linea retta, poi ruota e riparte daccapo con nauseante circolarità. Perciò può dire: faccio di nuovo *La ginestra*. O situare le sue visioni di morte tra Ippolito Nievo e la Scapigliatura.

I suoi allievi, come sassi in una fionda, ruotano per un po' di giri e poi fischiano via per finire non si sa mai dove. Lei resta, imbambolata dalla giostra su cui è salita molti anni fa. Tra tutti i ripetenti è la più ripetente. Gira e gira a cavallo di quel suo 'di nuovo' che di nuovo non ha più nulla da tempo. E invece di diventare saggia, come si dice che accada quando il tempo passa, va smarrendo il senno su chissà quale luna. I boomerang degli anni scolastici non si perdono nell'aria, ma picchiano duro sulla testa. E Marotta, ogni volta con una grazia da fanciulla d'altri tempi, chiede a debita distanza: "Il topo c'è?"

Pensavo a lei, ieri, mentre aprivo il mio cassetto di metallo grigio. Mi dicevo: "La collega Marotta: dovrò parlarci di più". Poi mi sono fermato con una lieve tachicardia. Ho sbattuto lo sportello, che avevo appena socchiuso, e me ne sono andato al bar.

Forse

La luce di marzo è verde come quando la vista si appanna per un malore. Urta contro l'edificio di fronte che ha il colore di un ortaggio invecchiato, rimbalza sulla fòrmica dei banchi e si diffonde sulle facce dei miei alunni. Resta nell'ombra soltanto Alessia, che però è verde per sua natura o forse per lo scontento di portare il nome che ha.

Mi sforzo di non dimenticarmela lì nell'angolo come fanno tutti. Siede accanto all'attaccapanni e ha gli occhi mal truccati, la bocca sempre socchiusa, le guance paffute di bambina. Le domando con gentilezza: "L'ossimoro". Si levano due o tre mani di adolescenti che chiedono la parola. Faccio cenno di aspettare, mentre Alessia poggia una guancia contro uno dei cappotti che pendono dall'attaccapanni. I secondi corrono nel silenzio. Ci vuole pazienza: a ogni domanda questa mia alunna, prima di trovare una risposta, risponde a lungo: "?".

Intanto la proprietaria del cappotto fa cenni infastiditi perché Alessia si stacchi dalla stoffa e non gliela imbratti col fard. Altri, alle mie spalle, ringhiano mimando cani intorno all'osso dell'ossimoro. Io schiocco le dita per metterli a tacere, ma anche per allontanare Alessia sia da quell'interrogativo muto che ha negli occhi, sia dal cappotto.

"Forse," lei dice infine. "Forse è nero: forse, però."

"Il cane," sghignazzano alcuni, riprendendo a ringhiare intorno all'osso.

"Il moro," io penso, mentre quelli con le mani alzate le lasciano cadere delusi perché non mi servo della loro sapienza. Sento che sono sudato e ho le tempie che pulsano. "Anche questo momento passerà," mi dico e faccio un cenno paziente per ottenere il silenzio. Tacciono. Ma Alessia resta a bocca socchiusa, nel dubbio. Vive dubbiosa. Anche se dicessi: vero, l'ossimoro è nero, lei aggiungerebbe: forse. In forse è a volte anche il suo nome, l'indirizzo, la classe, io. "Ha l'acqua nel cervello," dicono i suoi compagni con quell'aria falsamente compresa che fanno i ragazzi quando vogliono mostrarsi non indifferenti alle tragedie umane. "Non è brillante," dico io ai genitori. Ma poi mi vergogno per quell'aggettivo da scarpe tirate a lucido, da pomi e maniglie splendenti, da casalinga che alita su targhe d'ottone. Parlo e non so più che cosa dico. Colpa della cattiva circolazione: mi perdo le parole, le facce, i ricordi.

All'improvviso mi è tornato in mente un mio alunno. O era un mio compagno di classe? Ora non so. So solo che credeva di avere un radioso.avvenire. Era ancora il tempo in cui le scolaresche andavano a poggiare il torace contro una lastra gelida per mostrare eventuali focolai di tbc. Secondo quel ragazzo l'avvenire era radioso quando, per capire se potevi fare bella figura crescendo, ti radiografavano il petto e guardavano se era tutto in ordine. 'Radioso' per lui discendeva da radiologo.

Quando disse così, pensai: oh. Mi parve una promettente associazione. Anch'io non ho mai associato l'avvenire radioso ai raggi del sole. Piuttosto ho pensato sempre ai raggi della bicicletta. Mi immaginavo l'avvenire come una pedalata che misteriosamente trasformava l'ordinato intrico di segmenti metallici in un disco compatto di aria raggiante. "Gli venne incontro con aria raggiante," avevo letto alle elementari e l'avvenire era finito lì dentro, nel vortice radioso che permetteva ai miei compagni chini sul manubrio di corrermi incontro per la piazza. Il futuro era possedere una bicicletta. Ma da bambino non ne ho mai avuta una, tranne che per un breve periodo una bici che mal si adattava alla mia statura e per di più era da femmina. Nemmeno da grande ho pedalato molto. Perciò forse non sono raggiante e non ho mai avuto un radioso avvenire.

Quel ragazzo – ora che ci penso – è stato sicuramente un mio allievo. Scriveva canzoni e parlava coi morti. Erano le attività a cui concedeva più tempo: s'era fissato che i morti avevano lasciato la loro voce nelle parole scritte e usava per le sue canzoni tutte quelle in cui i cadaveri gli parevano loquaci.

Era un'idea che senza volerlo gli avevo suggerito io un giorno che, ragionando delle *humanae litterae* con tono vibrato, avevo spronato la classe alla lettura. Così: la lettura – avevo detto – ha di bello che uno apre un libro e dialoga con gente vissuta venti, cento, duecento, cinquecento, mille anni fa.

Lui aveva seguitato: millecinquecento, duemila, tremila, cinquemila, seimila.

"Alt," gli avevo intimato. Si era fermato. Ma in seguito disse che grazie a me aveva scoperto il piacere di leggere. Non leggeva moltissimo. Pare che passasse il tempo su una frase, un verso, per capire come era stata la voce dell'autore e della gente a cui l'autore aveva preso le parole.

"Non si scrive con la voce," io cercai spesso di correggerlo. Lui si gettò in discussioni che coinvolsero per giorni tutta la classe. Voleva convincerci che si poteva strizzare la scrittura fino al punto di farle espellere la voce, il modo esatto secondo cui, per esempio, le parole erano risuonate per la prima volta dentro la testa di Dante.

Non gli piaceva come leggevo la *Divina Commedia*. Secondo lui facevo solo la parodia delle voci impostate degli attori. E mi tenne una volta per un'ora intera a leggere: "E trarrotti di qui per luogo eterno, ove udirai le disperate strida, vedrai gli antichi spiriti dolenti, che la seconda morte ciascun grida; e vederai color che son contenti nel foco...". Lo fece senza declamare, ma come se parlasse del più e del meno, molto alla buona. I suoi ammiratori ridevano e rideva anche lui. Ci annunciò in quell'occasione che, da grande, avrebbe inventato un apparecchio per estrarre le voci dei morti dalla scrittura. Voleva provare coi raggi X. Ogni parola, una volta radiografata – almanaccò – sarebbe diventata radiosa e avrebbe sprizzato la voce di chi l'aveva usata.

Riconobbi, a sentirlo, lo stesso fantasticare della mia adolescenza, solo che io ero stato muto e svagato come Alessia e lui era espansivo e immodesto, senza disciplina. Sicché, per dimostrargli che lo studio è una cosa seria e il genio si deve nutrire di informazioni rigorose e non di fole, tagliai corto interrogandolo: "Chi sono 'color che son contenti nel foco'?" Le anime purganti, mi doveva rispondere. Invece rispose: "I piromani". Allora gli annunciai: "Tre". E ora che dico 'tre' nella testa, e lo scrivo, mi ricordo che si chiamava Enrico.

Ho pensato spesso che quel ragazzo mi avrebbe reso immortale. Non so se succede a tutti gli insegnanti. Io lo confesso: certe volte ho fantasticato che sarei stato menzionato nelle sue note biografiche come Brunetto Latini in quelle di Dante Alighieri. Enrico se ne accorse. Parve capire subito che facevo dipendere il mio futuro radioso dal futuro radioso del suo cognome e cominciò a trattarmi con scarso rispetto: per esempio cercava di uscire dall'aula carponi, strisciando silenziosamente da un banco all'altro verso la porta. Lo vedevo con la coda dell'occhio e non dicevo niente. Intanto i suoi compari creavano diversivi perché non mi accorgessi che lui abbassava senza un cigolio la maniglia e se la filava a sfumacchiare nei cessi. Fingevo di non accorgermene forse per assecondarne la natura di ribelle, forse per non rischiare l'impopolarità. Ho in mente solo: Enrico. Che aspetto aveva? Qual era il suo cognome?

Di tanto in tanto qualcuno dei miei vecchi alunni ritorna, come dagli inferi. Alcuni studiano senza speranza: università. Molti lavorano depressi: chi fa questo, chi fa quello, e nessuno che faccia quello che voleva fare quando, su mia richiesta, mi confidava per iscritto o oralmente: ecco cosa farò da grande. Altri non solo lavorano ma si sono sposati e hanno messo al mondo figli con un radioso avvenire. In genere pensano che io mi ricordi di loro a prima vista.

E a volte il cognome me lo ricordo, un'eco dell'ordine alfabetico che dura ancora per via dei mille appelli in cui era inserito: Barani – presente! Battistini – presente! Bertolazzi – presente! Ma non riconosco la persona. Per esempio, succede che uno mi viene incontro e mi comunica: "Sono Bertolazzi!" Io esclamo a scatola chiusa: "Bertolazzi!" E scambio abbracci e baci con un corpo estraneo di cui mi è nota solo l'etichetta del cognome. Quindi ripeto: "Bertolazzi!" ma senza sbilanciarmi, in attesa di ulteriori indicazioni: se fu una buona annata, se fu scadente, qualche compagno di classe memorabile, un aneddoto risolutivo.

Altre volte li riconosco a prima vista, ma non ricordo il cognome, né loro me lo svelano, convinti come sono che non posso averlo dimenticato. Così chiacchierano, mi informano, mi raccontano: quando li difesi dalle angherie di non so quale collega dispotico; quando impararono ad apprezzare il latino che prima non avevano mai apprezzato; quando io dissi: "niente resta com'è," che bella frase, stampata proprio qua, dietro la fronte.

Così mi ha detto un uomo alto, muscoloso, in maglietta a maniche corte, la radio dell'auto ben stretta sotto il braccio. E poi mi ha annunciato che si sposa. Con Cristofori. "Cristofori Laura," mi sono ricordato all'improvviso e lui è stato contento. Però memoria si tira dietro memoria e ho chiesto stupito: "Ma non si era messa con Occhipinti Roberto? Erano insieme dal biennio, che peccato".

Pausa imbarazzata. Mi ha detto che è lui Occhipinti Roberto. E ha pensato che mi va di scherzare. L'ho guardato e ho ridacchiato per fargli capire: t'è piaciuto lo scherzo? Intanto ho pensato: in effetti lui crede di essere Occhipinti, ma non è Occhipinti; è il sarcofago del mio Occhipinti che gli è sepolto dentro, un tratto qua, uno là, lo sguardo, una smorfia della bocca: segnali che appaiono e poi tornano a inabissarsi dentro questo nuovo Occhipinti che sta per sposarsi.

Ha sospirato: "Beato te che non cambi mai". Ricordavo la volta che cercai di strozzare Silvestri, me lo ricordavo Silvestri? Io ricordo molti Silvestri e Silvi e Silvani e Silvestrotti, tutti da strozzare, ma non mi pare di essermi mai provato a strozzarli sul serio. Però gli ho detto: sì. E lui ha fatto gli occhi lacrimosi, che virilmente ha prosciugato in un secondo. Poi se ne è andato di nuovo nel mondo, senza lasciare segno che mi permetta ora di commuovermi con lui, misteriosa parvenza che si porta dentro un'altra parvenza più antica.

Sembra impossibile, ma in anni andati quelli come questo signore sono stati ragazzini certe volte assennati, più spesso assonnati, che dovevano mandare a memoria – per meritarsi il mio consenso – la vita di Dante e quella di Boccaccio. Ora, se perdessero la memoria, non potrei nemmeno aiutarli a ricordare.

Ci fu un Silvestri che suonava la chitarra. Forse è questo il cognome di Enrico, il mio alunno brillante. Sette, nove, dodici, quattordici anni fa? Possibile che mi sia provato a strangolarlo? E perché?

Tra noi c'era un tacito accordo. Io davo, mettiamo, il seguente compito in classe: "Esamina il sonetto di Tommaso Campanella intitolato *Della plebe*". E lui mi scriveva, prescindendo dalla traccia, tutto quello che gli pareva. Quando correggevo i compiti, estraevo dal pacco il suo foglio protocollo sempre con un po' d'ansia. Aveva, al solito, molte idee interessanti. Cominciava sempre con 'Caro professore', metteva virgola e andava daccapo. Poi tirava avanti per un po' di facciate piene di errori. Ma erano errori, come presto mi accorsi, che portavano lontano.

Mi ricordo, per esempio, che aveva intenzione di vivere tutta la vita in stato 'de brezza'. "D'ebbrezza," corressi. Venne a protestare. Era un ragazzo alto, con i capelli lunghi divisi in due bande, occhi miti ma dilatati, come se vedesse più del possibile. Pensai: marijuana, hashish. Gli chiesi cos'era l'ebbrezza e come intendeva procurarsela. Rispose: "Un vento". E mi spiegò che voleva essere, nel corso della vita, una sorta di spiffero veloce, una corrente d'aria tiepida, un colpo di vento che fa sbattere le porte. Soffiò più volte, per spiegarsi meglio, e accompagnò il soffio con un gesto deciso della mano dal petto in avanti, diritto verso di me, tanto che mi scansai pensando che volesse colpirmi. Commentai: "Una brezza, una brezzolina, un venticello primaverile, uno zefiro sereno?" Assentì e allora gli segnai a lato, dopo aver cancellato la prima correzione: "come fossi una brezza". Poetico, pensai soddisfatto della formulazione che avevo trovato. Ma lui se ne andò a posto molto scontento. Impiegai un po' di tempo per capire che l'ebbrezza come lui l'intendeva prevedeva che vivesse davvero in stato de brezza. L'ebbrezza e la brezza costituivano nella sua testa un unico concetto per il quale aveva cercato un lessico adeguato.

Del resto bastava fare attenzione alle sue canzoni. Le componeva in stato de brezza. E in quello stato, durante la ricreazione, suonava la chitarra e cantava a squarciagola: "Non c'è ree-capito – non c'è recaaapito, dentro di meeee – a caaapo di me non c'è reee – tu m'hai caaa-pito – non caaape un reee, dentro di meee – ree-capito, hai caaa-piiito – no nooon c'è – dentro di meee." E s'accompagnava strimpellando con la testa reclinata a destra e le bande dei capelli fissate dietro le orecchie: dlin dlon, dlin dlon, dli-iiin dlooon. Un pazzo. Che però era così lontano da com'ero stato io alla sua età, che pensavo per differenza: forse farà grandi cose nella vita, bisogna guidarlo.

Infatti aveva molto successo con i suoi compagni. Più di quanto ne avessi io come insegnante. Ero geloso ma non lo davo a vedere. Decisi che dovevo fingere di far parte della schiera dei suoi ammiratori e intanto lavorare a distruggere quel suo estro traviato, sottrarre Silvestri alla cieca sorte che avrebbe potuto farne con qualche fondamento un imbecille e indirizzarlo sulla giusta via della laboriosa, non dubbia eccezionalità.

È il mio metodo. Ho fatto sempre così.

A volte i fantasmi varcano l'ingresso della scuola, salgono la prima rampa di scale, la seconda, e bussano alla porta. Non sono fantasmi di morti ma di vivi. I morti, per quanto mi sforzi, non mi appaiono mai.

Oggi c'è stata un po' di confusione. È entrata una mia alunna. Per giustificarmi posso solo dire che ero stanco e da qualche mese ho scoperto di avere il colesterolo alto. Le ho fatto una scenata: perché si era attardata come al solito a sfumacchiare per i corridoi? che cosa aveva combinato tanto tempo fuori? era caduta nella tazza del cesso?

"Ma," lei ha provato a dirmi.

"Una parola sola e ti mando dal preside," l'ho minacciata.

Poi mi sono accorto dalle risatine della classe che stavo sbagliando anno scolastico. Era sì una mia alunna e quello – casualmente vuoto, oggi – era il suo banco; ma in un altro tempo, non adesso. Quando?

L'ho abbracciata, l'ho baciata pensando: come si chiama, chi è?

"Sei sempre lo stesso," ha detto lei.

Ero sempre lo stesso.

Non fisicamente, mi ha spiegato con lo sguardo: fisicamente ero diventato mio nonno. Ma la testa – ha detto con la voce – quella era rimasta la stessa: avevo sempre voglia di scherzare.

"Identica reazione del sarcofago di Occhipinti," ho pensato cercando di orientarmi. Sicuramente era una sua compagna di classe, forse la sua futura sposa: Cristofori Laura. Doveva essere stata, la loro, un'annata in cui mi sforzavo di essere un insegnante sempre allegro, sempre disposto a scherzare. Gli alunni che ho davanti adesso invece sono perplessi: si vede dalla faccia che all'esistenza di un mio lato giocoso non riescono a credere.

"Mi sposo," mi ha annunciato Cristofori. Era venuta apposta per dirmelo: perché ero stato il suo insegnante preferito. Le avevo dato tante cose. Una volta si era segnata sul diario una mia frase: "Niente resta identico a se stesso". Che bella frase.

Ho detto: "Ah". Possibile che avessi pronunciato a ripetizione una tale banalità? E le ho chiesto che lavoro faceva. Lei: non mi ricordavo di quello che voleva fare da grande? Come no, ho mentito. Ne era certa, ha commentato soddisfatta: le avevo dato otto al tema con cui me l'aveva confidato. Eppure, malgrado le sue qualità, non c'era ancora riuscita a fare da grande quello che voleva fare da piccola: forse non era destino. Era finita segretaria in uno studio medico: un ginecologo. Aveva il compito di impedire alle clienti di pretendere la ricevuta fiscale. Mi ha fatto vedere come. Ha assunto l'aria arcigna, un tono ricattatorio e mi ha chiesto: le occorre la ricevuta fiscale? Ho detto che era bravissima. Già non osavo chiederla al ristorante: nel caso che fossi andato dal suo ginecologo, e lei mi avesse posto la domanda a quel modo, avrei risposto senza esitazione: nemmeno per sogno, che me ne faccio della ricevuta fiscale?

"E di Silvestri?" allora lei mi ha domandato: mi ricordavo ancora? Quando avevo cercato di strozzarlo...

Ho avuto all'improvviso un attacco d'ansia.

"Ci sono riuscito?" ho chiesto.

S'è messa a ridere scuotendo la testa, e non ho ben capito se per rassicurarmi o per dire: che buontempone, roba da matti.

"Auguri Cristofori," l'ho salutata, un po' più tranquillo.

S'è seccata. "Sono Giovannetti," mi ha detto. E ha ipotizzato: forse la confondevo con Cristofori perché c'era stata una fase in cui Occhipinti aveva avuto un debole per entrambe. Ma a lei piaceva Silvestri. Possibile che non ricordassi? O continuavo a prenderla in giro?

"Me lo ricordo, me lo ricordo," ho detto cercando di essere convincente. E l'ho informata: "Lo sai che anche Cristofori e Occhipinti si sposano?"

Mi sento mutilato. Centinaia di teste si sono portate via spezzoni di me, in ventidue anni. Come muovo la mano destra. Come pronuncio le parole. Quello che ho detto una mattina che ero in vena. Come ho ricamato sul sonetto *A Zacinto* con belle frasi. I consigli che ho dato ora per questo grave problema esistenziale, ora per quello. Che cos'è un topos. Che cos'è una pantegana.

Si sono portati via questi frammenti e li usano e ne abusano. Ricordano episodi specifici che in qualche modo hanno segnato la loro vita e di cui sono stato protagonista mentre mi pareva di non essere protagonista d'alcunché. Quegli aneddoti se li coltivano, se li raccontano se per caso si incontrano. Io invece non riesco a ricordarmi nemmeno di come e quando ho cercato di strozzare Silvestri Enrico.

Forse successe dopo che spiegai alla classe che se si dice bianco si dice anche nero e se si dice nero si dice inevitabilmente anche bianco. Queste cose cervellotiche facevano un'ottima impressione e si accendevano lunghe discussioni. Ora che me ne ricordo, ho davanti sagome senza volto impettite nei banchi come bersagli, tranne Occhipinti e Giovannetti che se ne stanno seduti con le facce che mi hanno mostrato in questi giorni. Peggio per loro.

Enrico inventò il luogo in cui il bianco non è ancora bianco, il nero non è ancora nero e disse che si sarebbe ritirato lì. Da quel giorno non gli potemmo più rivolgere la parola perché lui aveva messo le tende in quel posto e sosteneva che lì nessuna delle nostre frasi riusciva a significare o a non significare: erano puro suono, come vento tra le fronde, e a sentirle gli sovveniva l'eterno gettandolo in uno stato de brezza. Situò questo suo luogo all'ultimo banco, accanto al termosifone, a un palmo dalla finestra da cui poteva contemplare l'edificio di fronte, che forse aveva il colore di un ortaggio invecchiato.

Io trovai tutto questo encomiabile. Lo dissi pubblicamente per far capire al resto della classe perché non lo punivo quando gli rivolgevo la parola e lui faceva come se fosse sordo. In effetti la sua mi sembrava una scemenza intollerabile e facevo fatica a mantenermi calmo. Ma avevo abbracciato il metodo di fingermi suo ammiratore e guidare il suo estro verso esiti più costruttivi. A conti fatti Enrico Silvestri è stato il mio unico allievo di belle speranze: non volevo mettermi contro la sua genialità.

"Enrico," lo chiamavo. E poi spiegavo alla classe, fingendo una superiore ironia: ora Enrico non è ancora Enrico e non è ancora un non Enrico; è nell'area del 'forse', dove circola a vanvera la Fortuna con la benda: forse sarà, forse non sarà; né possiamo sapere se diventerà un già Enrico ricavandosi da un già non Enrico; vediamo come va a finire. E restavamo tutti in attesa di scoprire quanto tempo Enrico riusciva a sostare prima della parola, prima della sillaba, prima del suo stesso respiro.

Intanto nelle mie ore il ragazzo dialogava coi ritmi segreti, nascosti nella scrittura dei morti. Grazie a quelli componeva canzoni, scartocciava merendine, masticava cracker e faceva i compiti pretesi dai colleghi che, a differenza di me, avevano violato quel suo territorio e gli avevano detto: va' a sedere subito al posto tuo o ti faccio perdere l'anno.

La cosa finì quando, dopo qualche settimana, nelle mie ore quel suo angolo preverbale si affollò di amiche e amici suoi che volevano sottrarsi anche loro alle determinazioni del Logos e ciarlare lì mentre io mi sfiatavo su personaggi tipo Saùlle o Mirra. Così un giorno ho lanciato un urlo e in due balzi sono finito nella terra di Enrico, l'ho afferrato per il collo e l'ho riportato tra noi comuni mortali senza radioso avvenire.

Il ragazzo mi ha assecondato senza battere ciglio, mentre con una mano lo tenevo amichevolmente proprio sotto la nuca.

"Cominciavo ad annoiarmi," mi ha detto e da allora non riesco a ricordare se ci sono state altre sue genialità. Morì non per colpa mia. Morì, se non mi sbaglio, l'anno dopo la maturità per un'insufficienza cardiaca che non sapeva di avere. Strozzarlo non lo strozzai. Gli misi solo una mano sul collo per accompagnarlo al suo banco. Perché, a distanza di tempo, i suoi compagni ricordano che cercai di strozzarlo?

A volte succede che questi ragazzi si perdano nel mondo fuori della scuola non come Occhipinti dentro il suo sarcofago, ma smarrendo per sempre l'avvenire. Difficile trovare la parole, in questi casi: mi vengono in mente cose tipo *L'aquilone*. Allora cancello e cancello fino a dimenticare. Di Enrico mi dissero che aveva bevuto e aveva fumato molto. Poi era diventato tutto sudato ed era morto. M'è rimasto nella mente così, quel ragazzo, mentre lo tengo per il collo e mi dice, per darmi a intendere che l'ha spuntata ancora una volta: "Cominciavo ad annoiarmi".

Io mi annoiavo già da un pezzo. Da un certo punto in poi l'esistenza è come i programmi ministeriali: sempre uguale. Gli anni alle spalle appaiono senza trama, confusi. Ci sveliamo a noi stessi come organismi ancora sani ma ormai senza piacere e senza peccato, santi privi d'aureola. Molte illusioni che ci bruciavano ogni energia sembrano giochi troppo giocati che inducono allo sbadiglio. Le grandi tappe della vita, così obbligate e così memorabili, si rivelano cose di cui non vale nemmeno la pena parlare. Più interessanti sono certi dettagli non necessari, lasciati a lungo in libertà, senza un luogo, senza un tempo: uno squarcio di paesaggio, uno sguardo senza naso e senza fronte, una parete, un dolore o un piacere che abbiamo soltanto desiderato; fantasticherie consumate per un attimo sul fondo delle palpebre e nate tra questa sera e un'altra di chissà quando. Quell'Enrico, a ripensarci, era l'unico che potesse assegnarmi un senso o comunque lasciarmi vivere con l'ipotesi che l'avrebbe fatto. Peccato.

Marzo sta per finire, ma la luce è sempre più verde. Dopo le nozze sono tornati a farmi visita Giovannetti e il marito, uno che subito mi è sembrato di conoscere. La classe era stupita ed era chiaro che molti pensavano: noi non vediamo l'ora di sbarazzarci di questo cataplasma e loro vengono a fargli visita? Quindi concludevano: sono pazzi.

Giovannetti mi ha detto raggiante:

"Ti ricordi, no, di Silvestri?"

Ho risposto sul triste:

"Enrico, sì. Ma non è vero: non cercai di strozzarlo".

"Carlo," mi ha corretto con qualche timidezza il marito, "mi chiamo Carlo." E mi ha raccontato che feci in due balzi il percorso dalla cattedra al termosifone, gli misi le mani al collo e cominciai a urlare. Inequivocabile: volevo strangolarlo.

"Me lo meritavo," ha ammesso. Si era adoperato in tutti i modi per farmi esasperare. Che carattere avevo;

come ero riuscito a resistere tanto? Ancora adesso era pieno di ammirazione per la mia pazienza: la chitarra, quella stupida canzone che faceva dlin-iiin dlo-ooon, la voce dei morti, e la volta che aveva scritto 'de brezza', il bianco e il nero, che vergogna che vergogna. Un altro al posto mio non gli avrebbe mai fatto prendere il diploma. Invece l'ha preso e ora è impiegato in un'agenzia di viaggi. Giura che da anni me lo voleva dire, era venuto apposta: per lui non sono stato un semplice insegnante; sono stato la sua salvezza. La frase che dissi una volta: "niente resta identico," fu una specie di undicesimo comandamento, per lui e per tutta la classe. Ne dedusse che non poteva sprecare il tempo come faceva. E mise la testa a partito.

Ho cercato di immaginarmelo con i capelli lunghi divisi in due bande.

"Silvestri," gli ho detto con circospezione.

"Silvestri Carlo," lui ha confermato con fierezza.

"E Enrico?" allora ho chiesto.

Si sono guardati amorosi e pensosi sforzandosi di vedere l'uno negli occhi dell'altra la memoria di quest'Enrico che stavo citando. Dopo molti tentativi hanno concluso che non c'era mai stato un Enrico nella loro classe.

Quando sono andati via mi son messo a girare per i banchi. Ho visto che Alessia mi seguiva intontita con lo sguardo. Allora ho detto con aria ispirata: "Ragazzi, niente resta identico". Solo lei ha avuto un guizzo luminoso negli occhi. Ha aperto il suo diario e s'è messa a scrivere.

All'uscita abbiamo fatto un po' di strada insieme. Era molto imbarazzata, anch'io. Si trucca da qualche settimana come si truccano le adolescenti di periferia: senza perizia, un trucco pesante. Mi sono visto come un padre anziano a passeggio con la sua figlia minore.

"O viva morte, o dilettoso male," ho sospirato. E ho aggiunto: "Ossimori. Petrarca ci sapeva fare con gli ossimori".

Dallo sguardo ho capito che temeva una lezione all'aperto, per strada.

"Raccontami qualcosa," ho detto. S'è risollevata e s'è messa a ridere nervosamente. Ha farfugliato che sperava di cambiare.

"Può apparire la Madonna?" mi ha chiesto tra una risatina e l'altra.

Ho detto che ne dubitavo. Lei mi ha confidato che dormiva lasciando acceso il lume sul comodino. Temeva l'apparizione della Madonna. Prima di addormentarsi si accecava a forza di fissare la lampadina, su cui si leggeva: osram. Si addormentava dicendosi: osram! come una parola magica per tenere a distanza la Madonna.

"È una bella storia," ho commentato con reale interesse.

Ha negato.

"È brutta," ha detto. Ma ha sottolineato per non offendermi: "Forse". Quindi si è infilata nel suo autobus.

Ho atteso il mio con la solita pazienza. Per tutto il percorso verso casa mi sono domandato: chi era Enrico? che diceva, che faceva, cosa avrebbe fatto? perché morì?

Adesso penso che se non sono riuscito a inventarmi un Enrico capace di salvarmi dall'oblio, potrei provarmi io a salvare lui, visto che gli sono sopravvissuto. Il viso l'ho ben presente. Era una faccia lunga e scarna che si affacciava dalle bande dei capelli lunghi. Forse un giorno si provò a suonare la chitarra in classe per mostrarmi come sapeva farlo bene. Forse una volta mi scrisse uno svolgimento che sembrava una lunga lettera di commiato. Forse contribuii a bocciarlo perché era uno che non si lasciava disciplinare. Non l'ho mai più rivisto, tranne una volta, forse, quando lo incrociai per strada e s'era tagliato i capelli e anch'io l'avevo fatto e trasalimmo entrambi a vederci così nudi e brutti. Aveva un vizio cardiaco congenito, ma non lo sapeva. Non si chiamava Silvestri e forse non fece né disse nessuna delle cose che ho raccontato. Il cognome non me lo ricordo più.

Il tarassaco

1.

Parlo alla classe dell'eresia catara.

"I catari," dico, "non mangiavano carne e non facevano l'amore. Volevano essere puri: niente corpo e tutto spirito."

"E che vita era?" mi chiede Passini Enzo, vestito con una tuta mimetica (sulla schiena un teschio occhialuto con montatura gialla) per sfuggire a chissà quali nemici che si immagina di combattere tra casa e scuola.

Passini è molto giovane. Ha un corpo esile e un viso inespressivo, quasi sbiadito, come se qualcuno si fosse dimenticato di disegnargli gli occhi, la bocca e il naso. In compenso è smargiasso: vuole sempre menar le mani. E pensa che se non ammazza qualcuno al più presto, se non si ingozza di cibo e di alcol, se non trova il modo di darsi a orge di sesso, non gli resta che il suicidio. Sghignazza coi suoi compagni all'idea che i catari si privassero di quello che invece lui e i suoi amici danno a intendere di fare senza freno e senza limite. E invia boccacce e sberleffi alle pensose frequentatrici di parrocchie, tra cui Solofra Giusy, che sono le uniche ad ascoltare con interesse le mie lezioni.

Tiro avanti. Parlo a vanvera della polemica catara contro gli sperperi della Chiesa. Ma non solo i miei alunni non mi stanno a sentire: non mi sto a sentire nemmeno io. Mi sento un 'esso', estraneo all'io che parla, al tu con cui potrei dialogare, all'egli maestoso, che non a caso nessuno usa più. Una parte di me divaga sui tassi di colesterolo nel sangue mio e di qualche mio collega con cui scambio gravi informazioni su fritti, grassi, carni, formaggi, vini. Tutte cose che non possiamo più né mangiare né bere. Il tempo che scorre sul corpo sembra una punizione toccata solo a noi e con speciale accanimento. Invece le fasce d'età che il mondo esterno ci manda come un messaggio degli dèi, restano invariate: dai quattordici ai vent'anni. Nella scuola i giovani sono sempre identici a se stessi, come se fossero di plastica. Giovani vanno, giovani vengono. Divorano merendine alla nutella, panini strafarciti, pizzette rosse inzuppate d'olio; e il loro sangue non si guasta. Solo con noi la natura è impietosa. Ci segnala continuamente, con accanimento, che i corpi di questi ragazzi fioriscono, fioriscono, fioriscono. Gli unici ad appassire siamo noi. Ogni giorno è quello giusto per scoprire che abbiamo fatto il nostro tempo.

A volte mi esamino svogliatamente il corpo per individuarvi i segni della mia professione. Cerco sotto le apparenze e sotto gli abiti le prove che in tutti questi anni sono esistito davvero davanti ad alunni esistenti. Ma è difficile stabilire quali segni sono stati lasciati ogni mattina dalla mia permanenza nelle classi e quali invece sono il frutto del normale logoramento dell'organismo. Ho la faringite cronica: ogni sera faccio gargarismi. La voce mi viene roca e qualche volta addirittura se ne va. La pressione arteriosa mi fa brutti scherzi. Certe volte penso di avere un tumore al polso destro e invece è solo l'effetto di uno schiaffo dato alla cattedra per evitare di darlo a Passini.

Spesso mi osservo le mani. Ho mani da signorina di buona famiglia. Non so fare niente con questi tentacoli pentapartiti. Non so mettere un chiodo. Non so aggiustare un rubinetto. Non so tirare di boxe. Non so nemmeno suonare il piffero. Lisce ed esangui, cominciano a velarsi sul dorso con una ragnatela di rughe. Solo le nocche conservano la traccia inequivocabile di una qualche fatica. Batto queste ossa dove capita da vent'anni: sulla lavagna, su un banco, sulla cattedra, su un'anta della porta. Lo faccio per richiamare l'attenzione degli studenti. O per richiamare la mia attenzione quando mi sento insonnolito. Le batto con arte, accompagnando il toc toc con sollecitazioni tipo:

"Buoni, ora. Un po' di attenzione. Silenzio. Mi hai sentito? Fai finta di niente? Dico a te! Passini, ti mando dal preside a calci in culo se non la finisci!" Le nocche sono rosse, la pelle è ruvida, l'indice della mano destra (che si espone di più all'urto) mostra una lieve protuberanza callosa.

Questo gesto mi ha lasciato nel corpo l'unico segno certo che in questo mondo ho lavorato. Non mi piacciono le mie nocche.

2.

Dietro la porta chiusa delle aule, certi insegnanti, in specie di sesso maschile, perdono ogni dignità. Odiano invecchiare inacidendo e incattivendo. E reagiscono con risultati agghiaccianti. Ingannano se stessi regredendo ogni anno di più verso l'età dei loro alunni. Si scapricciano come infanti. Inventano un vocabolario lezioso (mascalzoncello, bricconcello) che a loro pare divertente. Fanno scherzi, ti nascondono il registro, si mangiano la tua merenda, ti appiccicano alla schiena foglietti con vari insulti, ti scrivono sul cassetto personale: "riposi in pace", organizzano partite di calcio insegnanti-studenti per mostrarsi in pantaloncini corti e canottiera, ripetono continuamente: "ah, come sto bene", fanno interventi sovversivi nelle assemblee studentesche, si innamorano di alunne così minute che, se davvero le abbracciassero, potrebbero smarrirle dentro le rughe.

Il collega Sabotino è uno di questi insegnanti. Sempre dal barbiere, profumato, un giubbottino sopra pantaloncini stretti stretti ai lombi, è un grigio sessantenne dal passo dolorosamente scattante che appena mi incrocia mi dice: "E sorridi un pochino! Che guaio hai passato? Sembri mio nonno! Vieni al bar".

Al bar mi racconta di come lui deve resistere, per via del ruolo di educatore, alle profferte delle sue alunne, che non lo lasciano in pace.

"Non ce la faccio più," esclama estenuato. La carne è debole, specie la sua. Per di più l'alunna Scoccimarro Milena mette apposta per tentarlo calze arabescate nere sotto minigonne pure nere. Ieri Scoccimarro aveva una smagliatura che era un solco bianco lungo il polpaccio. E lui, a vedere quella scia di luce, era rimasto folgorato. Seduto in cattedra, aveva scritto la poesia che ora mi voleva far leggere.

Leggo. Nei versi di Sabotino la smagliatura è diventata lampo, saetta, guizzo nel cielo buio della calzetta. "Folgorante Scoccimarro," sragiona in versi, "sei ad alta tensione / come i fili / che se li tocchi muori. / Potessi morir io / al primo tocco / o suscitare a nuova gioventù."

3.

Mi ritrovo affacciato alla finestra senza sapere come ci sono finito. La classe fa ricreazione nel cortile. L'aula è vuota: zaini multicolori ai lati delle sedie; libri abbandonati sui banchi; giubbotti e giacconi riversi come cadaveri. Ho accanto Solofra Giusy, secchiona dal seno debordante e dall'animo sensibile, che quando mi vede malinconico, per gentilezza non trascura mai di farmi compagnia. Pone quesiti del tipo: la fame, la guerra, lo sfruttamento, la solidarietà, cosa bisogna farsene della vita.

Intanto sotto di noi sciamano studenti. Passini e la sua gang di scellerati stanno interrogando il collega Sabotino, che è al centro di un ampio crocchio di giovani e racconta.

"Che avrà da dire?" chiede Solofra Giusy, certa (a ragione) che i gravi problemi del mondo ce li poniamo solo io e lei.

Non si sente suono. Ma che bisogno c'è di sentire? Le racconto cosa dice Sabotino agli studenti. L'anziano insegnante è meglio di un film a luci rosse. Sfiammeggia per bocca oscene ricordanze della sua vita da seduttore: di bidelle, applicate di segreteria, professoresse, presidi al femminile, alunne. E lo fa con tale dovizia di particolari che sembra tutto vero. In realtà – le dico – Sabotino sogna, prigioniero di una vecchiaia carica di desideri implacati.

Lei mi conferma con un fremito: "È vero".

"Vero?" mi allarmo.

Sì. Spesso quell'insegnante le dice porcherie in corridoio. Ieri invece è stato quasi gentile. Le ha mormorato: "Mi è bastato vederti e tutto il mio equilibrio si è inclinato".

"Incrinato," correggo.

Incrinato, si corregge. Ma la gentilezza di Sabotino è durata poco. Poi le ha detto: "Ti compro il gelato. Uno solo. Lo lecchiamo insieme".

Solofra Giusy ha un brivido, a pensarci. È disgustata e me lo confessa gomito contro gomito. Gli anziani le fanno ribrezzo: corpo sfatto, denti falsi, il collo e le mani con le rughe, i peli bianchi; i professori poi a certe cose non ci dovrebbero nemmeno pensare.

Provo un'ansia improvvisa e mi faccio impercettibilmente più in là. Fisso la campagna laida, mentre sento che le orecchie mi bruciano.

"Tarassaco," esclamo, indicando macchie gialle sui campi, oltre i binari della ferrovia. 'Tarassaco' è parola di mirabile alone poetico. Le faccio notare: "Il colore è accecante". E poetizzo: "Avvampa il tarassaco".

Lei cautamente mi corregge:

"Sono broccoletti".

Piano

1.

Ho aperto gli occhi convinto di essere il Corso di studio dell'abate De Condillac, quello scritto per l'istruzione del Principe di Parma. Ero in sedici tomi, costole marrone con fregi d'oro, edizione napolitana del 1788. E credevo di essere non a letto, ma nel quarto scaffale della mia libreria. Cristina ha bloccato la sveglia e mi ha detto: "Alzati. Per favore senza accendere la luce. E senza sbadigliare". Ho replicato: "Sto bene: ho le costole in oro del De Condillac". La cosa non le ha fatto né caldo né freddo. Si era già riaddormentata.

Il benessere è durato pochi minuti, il tempo di scoprire che ero definitivamente sveglio e mi stavo lavando i denti con una pomata contro i bernoccoli. Inutile rimediare col caffè. Avevo la bocca ancora oleosa quando in sala-professori, mentre firmavo il foglio delle presenze, ho avuto l'impressione che mi mancasse qualcosa.

Per le scale ho confidato alla collega Bellora, che si fermava a ogni gradino con un sospiro lasciandosi sorpassare da studenti e insegnanti: "Mi sono svegliato contento. Ero il corso di studi del De Condillac. Ma ora mi manca qualcosa".

"A me manca tutto," lei si è lamentata per dodici gradini. Poi ha concluso sulla soglia della sua classe: "Beato te che ti manca soltanto qualcosa".

In effetti non mi mancava niente. L'ho scoperto di lì a poco, quando ho firmato il registro di classe e mi sono accorto che era il 10 novembre, sabato. Di riflesso mi sono ricordato del 5 novembre, una scadenza che mi era passata di mente come quando regolo la sveglia elettronica e basta un attimo di distrazione perché i numeri luminosi che mi servono scorrano via. Il 5 novembre era il termine improrogabile entro il quale avrei dovuto consegnare al preside il mio piano di lavoro: due pagine con cui annualmente gli insegnanti spiegano al capo di istituto come intendono svolgere il programma ministeriale, con quale ampiezza di vedute, con quale rigore ed efficienza, secondo quali scansioni. Non l'avevo fatto, ma non era grave. La scuola è zeppa di ultimatum. Io non li rispettavo da anni, i meno vistosi naturalmente. Non lo facevo di proposito, per spirito ribelle. Mi distraevo e basta. Poi, quando me ne ricordavo, mi veniva l'ansia, ma il termine intanto era scaduto e ormai era tardi per rimediare. Allora facevo finta di niente e speravo che nessuno se ne accorgesse. Nessuno se n'era mai accorto. Avevo fama di insegnante attento e puntuale.

Ho pensato: "Pazienza. Credevo peggio". E ho incamerato aria nei polmoni come un tuffatore sul trampolino. Poi ho fatto un velocissimo appello legando i ventitré cognomi degli allievi gli uni agli altri, in una filastrocca da dire d'un fiato. Tutti presenti. C'era solo Marcuzzo Aldo che era assente pur essendo presente: doveva salutare un'amica, ma se ne andava subito. E c'era Romualdi Romina che aveva intenzione di essere presente per tre ore soltanto e poi di diventare assente per visita medica, come l'autorizzava per iscritto la mamma.

Mi ha mostrato il permesso. Ho esaminato prima lo sgorbio materno, poi lei. Era spettinata, aria da periferia malaticcia, infagottata in un camicione pesante sopra pantaloni sformati e inzaccherati.

"Cos'è che non va?" ho chiesto.

Lei mi ha indicato con una smorfia di sofferenza la zona dell'ombelico. Soffriva in quell'area.

"Curati," ho detto e l'ho spedita dal vicepreside.

Anche gli altri studenti non mi sono sembrati in buona salute. Avevano gli occhi incrostati di sonno e parlottavano senza allegria, mal lavati, mal pettinati, disfatti dall'idea che dovevano passare un'ora con me. Ho represso uno sbadiglio e ho detto ad alta voce:

"Al lavoro".

Ho esaminato a lungo il registro. Alla fine ho deciso di interrogare Romualdi che era appena riapparsa col permesso d'uscita vistato dal vicario del preside, il collega Alessandrini. Ho pensato che era meglio approfittare della sua provvisoria presenza: se si ammalava sul serio, sarebbe rimasta senza voto in storia chissà per quanto.

"Vediamo un po'," ho detto. E le ho chiesto cosa sapeva delle innovazioni tecniche dopo l'anno Mille. Romualdi, di colore itterico, stringendo un pacchetto di kleenex come fa quando vuole persuadermi che deve correre al bagno, ha spiegato che i contadini dopo l'anno Mille prima passarono dall'aratro di legno a quello d'acciaio, e poi misero gli zoccoli ai cavalli, che fino a quel momento erano andati a zampa nuda.

"Vai a posto," ho detto. "Bada alla salute."

2.

Proprio allora è entrato il bidello, senza bussare.

"Dal preside," ha detto con quattro dita della mano destra chiuse e il pollice erto nella direzione della presidenza. Sono scattato in piedi, mentre la classe mi faceva sapere con un sospiro di sollievo: bravo, corri, vecchio scemo; speriamo che il preside ti sospenda per sempre dall'insegnamento. Allora mi sono soffermato a chiudere il registro, mettere il cappuccio azzurro sulla biro.

"Gli dico che ha da fare?" ha proposto il bidello battendo le nocche sulla porta. Era convinto di essere l'ombra cinese del preside impaziente, proiettata sulla soglia per controllare se indugiavo senza rispetto per la gerarchia.

Ho risposto no, macché, e gli ho chiesto: un occhio alla classe, per favore. Poi mi sono ricordato che questo bidello ha un occhio di vetro e ho aggiunto: se può. Lui ha detto: "Vada tranquillo"; ma lasciandomi intendere: ho proprio il tempo di dare un occhio alla classe io. Mi sono avviato a passo svelto verso la presidenza, mentre il bidello e gli studenti si davano a schiamazzi e inseguimenti e tentativi di stupro.

Il preside mi ha accolto con professore di qua, professore di là, mi meraviglio di lei, è la prima e l'ultima volta che glielo dico, poi le faccio una letterina di richiamo. Quindi: "Come mai lei non ha consegnato il piano di lavoro?"

"Il piano di lavoro!" ho finto di ricordarmi all'improvviso. 5 novembre; che giorno è oggi; come passa il tempo, preside. E gli ho raccontato confusamente di quanto corrono i numeri elettronici sulla mia sveglia. Non è sembrato interessato alla cosa.

"Me lo consegna?" mi ha domandato mostrandomi il palmo esangue della destra.

Ho fissato certe coppe che la nostra scuola ha vinto in non so quali tornei. Il preside le ostenta opache di polvere su uno scaffale sopra la testa come se le avesse vinte lui con le sue carni pendule.

"Sì," ho detto, "il piano." E m'è venuto un accenno con le dita, come se volessi strimpellare tasti. Lui l'ha notato, se l'è avuta a male e mi ha ricordato: circolare 84, cinque giorni di ritardo, un tempo sconnesso, senza pianificazione, troppa fiducia, troppa bontà, se arrivava un'ispezione peggio per me e grane per lui, meno male che vigilava. Meno male.

"Lunedì," ho promesso.

"Oggi."

"Ma."

"Professore, niente ma."

Ho sgangherato intere frasi che nella testa, però, mi venivano ben fatte: preside, in quattro e quattr'otto, un piano non posso, le lezioni, gli studenti, il week-end, come faccio.

Il preside mi ha guardato sconcertato. È un uomo ordinato, col codice delle leggi scolastiche, noto come Giannarelli, sempre pronto sul tavolo. Gli piace che si lavori di concerto, puntuali negli atti dovuti, tutti per uno uno per tutti, lui che dà il la: doremisolsifa. Il mio comportamento, anche linguistico, gli è parso non privo di qualche indegnità.

"Non si sente bene?" mi ha chiesto.

"Ma no."

"E allora? Consegni questo piano. Che ci vuole? Lo sa come si fa. Da quanto tempo è nella scuola?"

Ho risposto: "Dalla prima elementare. Quarantadue anni. Sono del '43."

È suonata la campanella. Avevo un'ora-buco, tempo vuoto tra una classe e l'altra, fatto per poltrire, giacere in sala professori, lasciare che i suoni abbandonino le orecchie, battere il tempo mentale fino a renderlo caldo e accalducciarsi in esso fiaccamente, in specie alle soglie dell'inverno, coi termosifoni ancora freddi. Invece ero stato beccato. Ho preso svogliatamente carta e penna per buttare giù un piano di lavoro. Cose tipo: l'insegnante intende muovere, coniugando il prima e il dopo, ma tenendo presente che, e anticipando come, senza indugiare su, ma potenziando invece, e arrivando quindi.

Al 'quindi' mi sono fermato. In 'quindi' c'è un 'qui' da cui bisogna staccarsi per andare a concludere 'lì'. Lì dove? Ho scritto 'quindi' tre volte di seguito, prima di lasciar cadere la penna e balzare in piedi per vedere se almeno sapevo arrivare dalla sedia alla porta. Poi avrei deciso dove volevo andare a parare col piano.

Per l'atrio deserto è passata la collega Bellora. Le sono andato incontro notando le sue ginocchia distanti in calze grigie, i calcagni che a ogni passo sgusciavano dalle scarpe, il piede che tirava ora a destra ora a sinistra, le braccia che trascinavano le spalle giù verso il pavimento, un pellicciotto con chiazze senza vello, i capelli opachi. L'avevo incontrata al mare, a fine agosto. Altra stagione, era tutt'altra donna. Le ginocchia si sfioravano abbronzate, il passo aveva un'apertura decisa a compasso e da certe spalle tornite si tendevano bretelle sottili cui era sospeso un abitino leggero a colori vivaci. Forse non era lei. O non era lei questa che tagliava l'atrio.

S'è fermata, s'è portata una mano alla testa, ha fatto una smorfia di disappunto, s'è girata per tornare indietro. Poi da qualche parte del cervello le è arrivata la mia immagine e s'è rigirata per dirmi:

"Disoccupato?"

Era disoccupata anche lei: ora-buco, la faccia dell'abisso. Stava andando a correggere compiti in biblioteca, ma aveva sbagliato strada: un corridoio invece di un altro; la testa tra le nuvole. All'improvviso ha riso.

"Che andatura," ha commentato. E mi ha spronato: "Sta' su". Poi mi ha descritto com'ero: le mani incrociate sul sedere, le gambe malferme, i passi incerti, gobbo come se mi avessero poggiato sulla nuca un peso da basculla, sicché la testa s'era fatta così greve che oscillava scimunita all'altezza dello stomaco e il collo sembrava proteso e stiracchiato come un lenzuolo strizzato. "Allegro: che c'è?" ha concluso.

Le ho spiegato il mio problema.

"Mi sono inceppato a 'quindi'," ho confessato.

Dopo uno sguardo perplesso, Bellora mi ha suggerito di cancellare 'quindi'.

"Come si fa?" mi sono inalberato. Un corso di studi, secondo me, doveva correre da un giorno all'altro, da una pagina all'altra, da una data all'altra, da un argomento all'altro, da un luogo del sapere a un altro luogo, dalla mia voce alle orecchie dei ragazzi, dalla voce dei ragazzi alle mie orecchie: un tale viluppo come si teneva nello spazio e nel tempo senza l'attaccatutto d'un 'di qui' - 'di poi'?

Bellora mi ha preso sottobraccio.

"Vieni con me," mi ha detto. È andata al suo cassetto e ha tirato fuori due fogli fitti. "È la copia del mio piano di lavoro," mi ha spiegato, "datti da fare, pigrone."

"E se il preside se ne accorge?"

"Impossibile. Non se n'è mai accorto. Il mio piano di lavoro è la copia con qualche arricchimento del piano di lavoro di Alessandrini, che a sua volta lo ricopia annualmente, con lievi aggiornamenti, dalla bozza del piano di lavoro che gli passò una sua collega bravissima quindici anni fa."

Alessandrini, il vicario del preside, è un piantagrane più vigile del capo d'istituto.

"Sempre lo stesso ogni anno?" ho insistito.

"Sì. Per quel che ne so, la bozza originaria, risalendo di generazione in generazione, potrebbe essere stata opera di Pascoli o Carducci o giù di lì. La programmazione è una cosa seria, caro mio. Se hai un piano collaudato, perché cambiarlo?"

Ho accettato il suo piano con gratitudine. "Copio e restituisco," ho promesso. Mi ha sorriso. "Quest'estate," ha detto, "avevi un bel passo elastico. Un altro uomo. T'ho visto persino correre con certi calzoncini a mezza coscia." E ha accennato a come correvo. Poi mi ha fatto vedere com'ero adesso: la testa pendula, il collo strizzato, la gobba.

"Forse mi riprendo nelle vacanze di Natale," ho auspicato. E le ho fatto vedere, per ricambiare, com'era lei quest'estate muovendo qualche passo per la sala professori deserta e buttando l'anca di qua e di là.

"E adesso?" mi ha chiesto credendo di essere ulteriormente migliorata.

Le ho mimato senza infierire le gambe larghe, il passo scalcagnato.

"Sbrigati e restituiscimi il piano," mi ha detto seccamente e se n'è andata per l'atrio cercando una colla della volontà per il tallone che, a ogni passo, le sgusciava dalla scarpa.

Sono tornato in sala professori e mi sono messo a riprodurre in bella copia il piano di lavoro di Bellora. Era zeppo di 'quindi', ma erano dei 'quindi' inconcludenti. Bellora prima affrontava Dante e quindi passava a Petrarca, prima parlava del dolce stil novo e quindi della poesia realistica e moraleggiante, prima affrontava Savonarola e quindi Machiavelli, prima il Concilio di Trento e quindi Tasso. Era, quel piano, un flusso consequenziario, che muoveva dalla Carta capuana e approdava alle Tre corone esaltando la Roma dei papi, quella dei Cesari e la nuova Roma strappata ai chierici a Porta Pia: milleottocentosettanta. Eppure le righe mi si sgranavano sotto gli occhi come un vecchio tessuto logoro ai gomiti. No, la giornata non era delle migliori. Ogni 'quindi' mi sembrava a vanvera come un menù che imponesse di passare dal tiramisù alle orecchiette con broccoli di rapa.

Alle soglie del Novecento il discorso si fermava come per prendere fiato e poi faceva qualche vaga sortita disordinata nel nostro secolo. Il 'quindi' diventava una sorta di 'stop' per telegrammi: Gozzano – quindi – Svevo – quindi – Pirandello – quindi – Montale. E faceva capolino in posizioni insensate quando si invocava l'ermeneutica, la semeiotica, il modo di produzione asiatico e la maieutica per estrarre dai testi gli autori e dagli autori – c'era scritto – i testi.

Invece riappariva vigoroso nel paragrafo seguente saldando Dio e popolo, struttura e sovrastruttura, sorvegliare e punire, attenzione e disciplina, mente sana in corpo sano. E trionfava generando effetti sciroccati tra periodini di raccomandazioni socio-psicologiche, arditezze parapsicologiche, didattiche suggestionali, indagini zodiacali, inchieste sulla vita sessuale degli studenti, dichiarazioni pacifiste o anticamorriste, vocazioni antinucleari e antiaids, lavori di gruppo rivolti a ricostruire l'oroscopo o il bioritmo di personaggi tipo Ortis, Ettore Fieramosca, Carlino, Pisana.

"No," mi sono scoraggiato, "non posso" e ho smesso di copiare. È suonata di nuovo la campanella.

"Tutto a posto?" mi ha chiesto Bellora per le scale.

Ho mentito: sì; e le ho restituito la sua bozza: grazie, grazie.

"In futuro, fatti furbo," mi ha esortato con allegria.

A quel punto sono stato incerto se confessarglielo o no. Bellora credeva che io, ogni anno, mi fossi affaticato a prefigurare lezioni, psicologie dell'apprendimento e parapsicologie formulando sempre nuovi e meglio articolati piani; e che solo per svagatezza, in quel novembre avessi dimenticato di pianificare. Perciò mi trattava con l'affetto che merita un ingenuo molto zelante ma un po' sbadato. Invece no, sono stato per dirle. Quanti anni erano che non stilavo un piano di lavoro? Cinque, dieci, non so. A ogni scadenza, mi ero astutamente smemorato e nessun preside mi aveva scoperto. Ora la smemoratezza svelava la sua vera funzione: mi era servita solo a nascondere che insegnavo da venticinque anni a caso. E che un piano mi riusciva più difficile che fabbricarmi uno stereo con i pezzi di uno spremiagrumi. Che persino copiarlo mi metteva in imbarazzo.

Ho deciso di non gettare anche Bellora nello sconcerto. L'ho salutata e sono entrato in aula con l'aria cupa: due ore di seguito nella stessa classe. Gli studenti erano chi qua chi là dispersi, sdraiati sui banchi a fissare il soffitto, abbracciati in coppia, chiassosi in crocchi o a vociare alla finestra coi passanti.

"Compito in classe," ho detto. E poiché protestavano ho confessato: "Ragazzi, le cose stanno così: ho da fare. Molto da fare. Cose urgenti per cavarmi da un guaio col preside. Meglio: una seccatura. Scrivete: 'La funzione del dolore in Manzoni e in Leopardi'. Voi fate i fatti vostri e io i miei. Occhei?"

Questo tema ha ai miei occhi il ruolo di un sedativo. Sono suoni noti e accattivanti. Li pronuncio affettuosamente e me ne servo con grande frequenza. Gli studenti infatti a sentirmi sono diventati mansueti, hanno sbuffato e hanno concesso: "Occhei". Hanno mutato la naturale ostilità in cauta amicizia e si sono messi a sedere comodi chiacchierando a bassa voce del più e del meno. "Grazie," ho detto. Poi, per incoraggiare me stesso, ho vaticinato: "Svolgete con serietà questo tema e me ne sarete riconoscenti".

Ho tirato fuori carta e penna e mi sono provato a pianificare l'anno scolastico in modo che ruotasse intorno al dolore in Manzoni e Leopardi. Erano autori abituati a una sofferenza permanente, in ogni circostanza. Non tanto nella realtà delle loro vite e delle loro opere, dove un po' di gioia si poteva sempre rintracciare, quanto nei temi in classe. A scuola quei due soffrivano di comune accordo come compagni di corsia in ospedale.

Mi era successo di dover affrontare per la prima volta il loro dolore nel 1962, anno del mio esame di maturità. Ne sapevo meno che niente, ma avevo piagnucolato così bene per iscritto, in periodi di dieci righe con molti aggettivi strazianti, che i commissari mi avevano abbracciato esclamando: "Lei! Oh! Bravo".

Solo un anno dopo, nel 1963, mi ero dato a concorrere per vedere se vincevo uno dei sette posti di bibliotecario di gruppo B che erano sparsi un po' qui un po' lì sul territorio nazionale. Lacerate le buste, avevo scoperto che non avrei potuto catalogare libri né darli in prestito senza dire prima di tutto quello che sapevo su "La funzione del dolore in Manzoni e Leopardi".

Non basta. Nel 1966 mi avevano convocato per un concorso che avrebbe potuto sistemarmi in qualche ufficio del Ministero del Tesoro. Anche lì risultò che non era concepibile che lavorassi e percepissi uno stipendio se non conoscevo la funzione del dolore in Manzoni e Leopardi.

Persino quando, nello stesso anno, mi presentai agli scritti di aspirante postelegrafonico, dovetti dimostrare che potevo timbrare buste, smistare espressi, svillaneggiare gente in coda davanti al mio sportello solo se ero in grado di chiarire per iscritto che il dolore aveva una funzione importantissima nelle opere di Manzoni e Leopardi.

A pensarci, nel 1969 mi abilitai all'insegnamento di storia della letteratura italiana facendo torcere Manzoni e Leopardi per la sofferenza fisica e morale sotto gli occhi di esaminatori stupefatti dalla mia perizia e disinvoltura. Così, diventato insegnante, gli spasimi di quegli autori erano stati subito il mio cavallo di battaglia. "Quanto e come soffrivano Manzoni e Leopardi?" chiedevo a quelli prossimi a licenziarsi. E loro: "Soffrivano così e così". Bravi.

Non era stato tempo perso. Nel 1987 tre mie allieve, che volevano diventare vigile urbano, se l'erano cavata benissimo discutendo la funzione del dolore in Manzoni e Leopardi. Le incontravo spesso in divisa a Porta Pia e loro, a vedermi, mi dicevano: "Professore! La funzione del dolore. Grazie, grazie". Nell'evocare i loro capelli lunghi appesi al casco come un aggressivo trofeo, ho sospirato e ho smesso di scrivere.

Forse un piano l'avevo sempre avuto senza stilarne mai uno. O forse, pur senza un mio piano consapevole, da sempre facevo parte di un piano didattico più vasto e imperscrutabile, molto simile a quello della provvida sventura. A meno che non fosse tutto un inganno. Per esempio: chi mi assicurava che non mi avessero addestrato in modo da indurmi a rispettare un accordo segreto tra il Ministero della Pubblica Istruzione, gli altri Ministeri, gli Enti locali, siglato per truccare svolgimenti e rivolgimenti a vanvera del mondo con l'eterno cadenzato ritorno del dolore in Manzoni e Leopardi?

"Secondo lei chi soffriva di più?" mi ha chiesto l'allievo Corinaldesi Orlando. Era venuto a lato della cattedra con passo felpato: diciannove anni, rosso di capelli, tutto salute e muscoli; dopo il diploma lavorerà nel negozio di articoli sportivi che per ora è proprietà del padre. Secondo lui, mi ha anticipato, Leopardi batteva Manzoni 4 a 1. Poteva scrivere: 4 a 1?

"Il compito lo faccio io o lo fai tu?" gli ho risposto. E l'ho invitato a scrivere come gli pareva: per favore, mi lasciasse in pace.

"È brutto il guaio?" ha indagato. Poteva fare qualcosa? Sì che poteva: doveva andare a posto, gli ho detto. Avevo molto da fare.

"Cosa?"

Il piano di lavoro: sapeva cos'era? No. Gliel'ho spiegato.

"Scriva," mi ha detto con decisione. Voleva che scrivessi al preside: caro preside, il piano è questo: stasera vado in discoteca con Corinaldesi Orlando che mi insegnerà cos'è la vita, visto che non lo so; partenza alle venti, in R5; guida Corinaldesi perché se guido io facciamo l'alba; anche le donne le porta lui; a mezzanotte saremo in promiscuità di Rimini.

"In promiscuità?" ho chiesto perplesso.

"In promiscuità," ha giurato: chilometro più, chilometro meno. Non ci credevo che da Roma a Rimini, in R5, non ci metteva più di quattro ore?

"Non è questo il punto," ho detto. Ma quale era il punto? Forse dovevo partire proprio di lì, altro che il dolore: da quando, invece che vedere la tv con Cristina, ogni sera, mi sarei messo in viaggio insieme a Corinaldesi tagliando la notte verso l'Adriatico selvaggio a rischio della pelle, per vedere come si scapigliavano i miei alunni in R5 quando non studiavano la Scapigliatura, e sbevazzare con loro e annegare in una torbida incoscienza; finché, arrivati in promiscuità di Rimini con le donne che lui aveva portato, non avremmo sciolto il corpo nel rock e non ci saremmo dati ad alcolici, fumo, pasticche estatiche, luci psichedeliche, colori nazi o anarcoidi, razzismo, risse, miscela di aliti pesanti, rena fitta di aghi ipodermici e malattie mortali; come se la vita fosse davvero quella. Sennò che era? Corinaldesi fingeva di saperlo, io mi aspettavo ancora di impararlo per insegnarglielo, poi, e dimostrargli che non lo sapeva.

"Ci metta che anche Dante si drogava," mi ha chiesto sbirciando sul foglio, dove ormai scrivevo per gioco.

"Che ne sai?"

"Si capisce," mi ha detto con sicurezza.

Ho scritto: Dante, le droghe, le rime petrose, tre donne intorno al cor, ascesa al Monte Ventoso, la peste che i corpi corrode, la morte corporale, Andreuccio da Perugia, la seconda morte.

No, secondo lui: no. Conosceva storie meno vecchie, che robaccia era quella? L'amica di un suo amico era salita in ascensore: settimo piano. Uno due tre quattro cinque. A un certo punto s'era vista una cosa scura davanti agli occhi. Aveva fatto un salto indietro. Era una siringa che gocciolava sangue vivo e virus. Ma quand'era entrata, la siringa non c'era. Non a quell'altezza, cioè. Si trovava sicuramente in alto, appiccicata per il pistone alla copertura del neon con una gomma da masticare. Poi la gomma s'era sciolta al calore e l'ago era venuto giù lentamente, appeso con la siringa a un filo sottile che si tendeva dal neon come la bava da cui pende il ragno.

"Frottole," ho detto, ma sedotto.

Ne sapeva altre: tutte frottole vere.

"Vai a posto," gli ho ordinato, "lasciami in pace."

Se n'è andato consigliandomi, a mezza strada tra cattedra e banco, di scrivere al preside che soffriva più lui, Corinaldesi, a stare a scuola, che Manzoni e Leopardi.

3.

Guardavo il soffitto con la biro in bocca, quando è entrato furtivamente un applicato di segreteria: mi pare che sia questa la sua qualifica, ma non ne sono sicuro. Si chiama Marino, il cognome lo ignoro, però siamo amici da anni. Ha una bella barba rossa.

Si è chinato su di me e mi ha sussurrato all'orecchio: "Il preside mi ha detto di rintracciargli tutti i tuoi piani di lavoro da quando sei in questa scuola".

Ho respirato profondamente. No, non era una buona giornata.

Lui ha seguitato:

"Sei qui dal 1978?"

"Mi pare di sì."

"Niente. Non ne ho trovato nemmeno uno."

"Gliel'hai detto?"

"Non ancora."

Era venuto per sapere cosa doveva fare.

"Vi perdete tutto, in segreteria," ho azzardato.

S'è oscurato. Mi ha fatto capire con lo sguardo: ah, la colpa sarebbe nostra?

Ho provato un po' di vergogna. Lui l'ha capito e ha cambiato amichevolmente sguardo. "Ci sono i piani di Alessandrini," ha detto, "quelli di Bellora..." Mancavano solo i miei. Che faceva? Non glieli potevo dare adesso e lui li avrebbe messi dove dovevano stare?

"Non li ho," ho confessato.

Ha stretto le labbra tra i peli della barba.

"Glielo debbo riferire," mi ha avvisato con sincera desolazione.

"Pazienza," ho detto virilmente. Del resto, cosa mi poteva succedere?

È uscito ed è corso a raccontare al preside che per dodici anni avevo insegnato senza mai programmare il mio lavoro.

No. Forse l'ha raccontato prima al collega Sandro Alessandrini, che ha il ruolo di vicario del preside e a volte è implacabile, a volte media tra noi docenti da un lato e il capo dell'istituto su tutte le furie dall'altro.

Fatto sta che è arrivato Alessandrini e mi ha detto accigliato:

"Ho saputo".

Questo collega ha problemi cardiovascolari. Normalmente mostra un colorito rubizzo, di quelli che una volta si diceva: scoppia di salute; e invece un giorno o l'altro, se non si cura, sarà il cuore a scoppiargli. In quell'occasione Alessandrini mi è sembrato scoppiare di salute più del normale, forse per l'eccitazione che gli aveva causato la notizia.

"Ti vuoi mettere seduto?" ho domandato educatamente mentre la classe protestava: con quel vai e vieni, non poteva soffrire in pace su come soffrivano Manzoni e Leopardi.

Alessandrini si è messo seduto al posto mio. Ha detto che se l'avesse fatto Tizio o Caio non si sarebbe meravigliato, ma che una tale trascuratezza fosse imputabile a me, questo lo faceva trasecolare: un collega così a posto, così puntuale, così preparato, così.

"Del resto," mi ha chiarito, "il piano è una cosa seria. Sai cosa rischi?"

"Un'ammonizione scritta," ho detto con un tremito nella voce: non sono mai stato ammonito per iscritto.

Alessandrini ha riso rumorosamente. Poi s'è ricomposto e mi ha annunciato con gravità:

"Un'ispezione ministeriale."

"Ah."

"La sospensione dall'insegnamento."

"No."

"E il consiglio di disciplina."

Gli ho chiesto di restituirmi la sedia. Lui s'è alzato, io mi sono seduto.

"Che faccio?" ho chiesto un po' disorientato.

Alessandrini s'è disegnato in faccia un occhio truffaldino. Ha tirato fuori dalla tasca della giacca certi fogli protocollo e mi ha sibilato, come se mi passasse cocaina:

"L'ho fatto sempre con cura. È aggiornato, pieno di nuove metodologie, cose all'ultima moda. Copialo dodici volte, mettici le date dal 1978 a oggi e consegna tutto a Marino. Lui fingerà di averli ritrovati. Ma sbrigati."

Ho dato uno sguardo, era il suo piano di lavoro: Dante, Petrarca, fino alle Tre corone, con corredo di psicologie e parapsicologie dell'apprendimento. Identico al piano di Bellora.

Ho detto: grazie, ho già quello di Bellora.

Non avrei dovuto farlo, è stato un errore. Alessandrini s'è ripreso il suo con un guizzo della mano. Ha dato uno sguardo al foglio che stavo scrivendo – ha letto: Corinaldesi, Rimini, l'ascensore – e s'è ritratto come se avesse visto un geco.

"Che fai, sei pazzo? Copia," mi ha rimproverato. E se l'è battuta.

Copiare. Mi sono ricordato di certe esercitazioni delle elementari. Consistevano appunto nel trascrivere obbligatoriamente in un quaderno pagine e pagine del libro di lettura. Al centro del foglio bisognava collocare la dicitura: "Copia" con una C tutta elaborata. Poi al lavoro. Con uno sguardo al testo stampato e uno al quaderno ho copiato per lunghi pomeriggi, svagatamente, centinaia di righe. Difficile dire oggi perché.

Ma quante cose conserva la memoria. All'improvviso, abbandonato lì in aula a un'ansia che tendeva a slittare misteriosamente in apatia, di quelle righe me ne sono tornate in mente alcune in cui una bambina andava nel bosco e mangiava la belladonna. Non l'avesse mai fatto. Un disastro. La poveretta metteva schiuma alla bocca, stralunava gli occhi, digrignava i denti, si torceva nel suo letticciolo, e tentava persino di arrampicarsi alla parete; onde fu d'uopo legarle mani e piedi. Così diceva il testo. E tale orribile stato durò finché la morte non venne a liberarla: quando arrivò il medico, ella era spirata. Parola più, parola meno. Forse ho un po' esagerato, forse no.

Quanto tempo prima avevo copiato quel brano? Non quarant'anni; trentasette, trentotto? Chi aveva pianificato che dovessi avere in testa quell'orribile scena? Era stata la maestra Magliaro o il maestro Bonanni? In quale piano di lavoro era stato inserito quel torcersi sul letticciolo? Perché conservavo quella memoria di sofferenza senza aver mai visto nemmeno da lontano la belladonna, che chissà cos'era?

Ho ritirato i compiti con calma leggiucchiando qua e là. In due ore, chi aveva scritto dieci righe, chi venti, chi sei fogli fitti.

Corinaldesi mi ha detto complice:

"Finito? Tutto a posto?"

"Fatti i fatti tuoi."

"Stasera alle otto."

"Come no."

"Venga. Ci metto io la macchina, la benzina e le donne."

"Belle donne?"

Ha fatto qualche smorfia audace. Allora ho pensato che l'avrebbero legato mani e piedi su qualche lettucciolo e lì avrebbe sofferto finché la morte non fosse venuta a liberarlo.

"Povero Corinaldesi," ho mormorato. Ma ecco: gli studenti già volavano con urla e spintoni a coltivare i muscoli in palestra: educazione fisica.

"Ho saputo tutto," mi ha detto con astio Bellora, mentre sprofondavo in un'altra ora-buco. E, come fa quando perde la calma, mi ha sibilato questo e quello e quell'altro senza darmi modo di aprire bocca per difendermi. La volevo mettere nei guai? Chi mi aveva dato il diritto di raccontare ad Alessandrini che lei mi aveva passato il suo piano di lavoro? Lo sapevo che Alessandrini diceva tutto al preside? Mai fare un favore. Mai. A nessuno. Lei mi aveva ritenuto per anni un insegnante coscienzioso, professionalmente ineccepibile, un po' ingenuo ma onesto. Solo per questo aveva deciso di aiutarmi dandomi il suo piano: una dimenticanza si perdona. Ma ora era venuta a sapere che negli ultimi dodici anni non avevo mai consegnato un solo piano di lavoro. E che il preside se n'era accorto. E che avevo intenzione di fare dodici copie della sua programmazione e, con la complicità dell'applicato Marino, sostenere: tutto a posto. Ma credevo che il preside fosse analfabeta? Che non si sarebbe accorto, una volta che aveva cominciato ad accorgersi di qualcosa, che i suoi piani (suoi di Bellora) erano identici a quelli di Alessandrini? E che quelli di Alessandrini erano identici ai miei falsi piani? Mi diffidava. Mi diffidava dal coinvolgerla in quell'imbroglio. E mi toglieva per sempre il saluto.

Ho detto: ma, senti, per favore, no, ti prego. Ero stupefatto. Lei si è allontanata a falcate decise, ginocchia unite, i talloni ben incollati alla suola delle scarpe, una resurrezione della bellezza estiva negli occhi e nel viso. Ma, a pensarci, mi è rimasta impressa solo la schiuma che le era venuta, biancastra, agli angoli della bocca.

Ero lì fermo, un po' addolorato, quando Marino mi è arrivato silenziosamente alle spalle e mi ha tirato per una manica. Quindi mi ha sfilato dalle mani i fogli che avevo variamente scritto nel corso della mattinata.

"Sono queste le copie?"

"Quali copie?"

"Abbassa la voce: Alessandrini mi ha detto che le stavi preparando."

E si è messo a leggere l'ultimo foglio, quello che avevo scritto in classe per scherzo, con Corinaldesi.

Si è visibilmente meravigliato.

"Programmi di andare in discoteca a Rimini con Corinaldesi? E perché non qui in città?"

Gli ho strappato di mano i fogli e mi sono rifugiato nella sala professori. Lui ha cercato di seguirmi, ma gli ho sibilato: "Fila". È corso in segreteria come se il suo ufficio stesse andando a fuoco.

La sala professori, per mia disgrazia, non era più deserta. C'era Alessandrini che parlottava con tre colleghe. Mi ha visto, mi ha fatto un cenno burbero come per dire: va', lavora, non perdere tempo. E intanto due delle tre insegnanti che erano con lui, scuotendo di taglio la destra nella mia direzione, mi hanno dato a intendere: mascalzoncello, sbrigati, non farci fare brutta figura.

Ho fatto tre passi all'indietro e sono uscito nel corridoio.

Mezzo nascosto da una colonna mi è parso di vedere il preside: un lampo, come se anche lui mi avesse visto e si fosse ritratto per non incontrarmi. Sono andato a passo svelto nella direzione opposta. Ho attraversato l'atrio, sono passato davanti alla portineria. Il portiere mi ha gridato: "Proprio lei. Al telefono".

Era mia moglie. Mi sono preoccupato: non mi telefona mai a scuola.

"Ti senti bene?" mi ha chiesto.

"Così così."

"Consegna questi piani che non hai mai consegnato. Perché l'hai fatto? Come ti sei potuto dimenticare per dodici anni di seguito? E poi chiedi una settimana di congedo. Forse hai bisogno di riposo."

Ho avuto una specie di capogiro. Le ho chiesto come faceva a sapere. Marino. Le aveva telefonato il mio amico Marino: troppo, troppo preoccupato per me.

"È vero," mi ha chiesto Cristina, "che stasera vuoi andare a Rimini in auto con un tuo alunno? È vero che lui porta le donne?"

4.

Sono uscito dal gabbiotto con la sensazione che non riuscissi a percepire la gravità di una situazione che tutti (gente tranquilla, di solito) sembravano considerare gravissima. Mi sono guardato attorno come se all'improvviso qualcuno – uno qualunque – potesse balzarmi addosso e colpirmi duramente con calci e pugni gridando: il piano, maledetto, il piano. Ho imboccato un corridoio scarsamente frequentato, ma automaticamente, senza motivo. Dai bagni delle donne, in fondo a destra, è uscita una fanciulla con scarpe di vernice, stretta in un abito da soubrette, pettinata e truccata come se stesse per andare in onda.

Ci siamo studiati perplessi, venendoci incontro. Quando ci siamo incrociati, lei ha detto timorosa: "Arrivederci".

Solo allora l'ho riconosciuta. Era la mia alunna Romualdi Romina che usciva in anticipo col permesso della mamma per visita medica.

Ho pensato che il dottore doveva essere un principe, se per l'incontro si era trasformata apparecchiandosi più di Cenerentola.

“Stai molto male?” ho chiesto.
Lei ha scosso la testa per dire: così così.
“La visita medica è urgente?”
Mi ha fatto capire sempre con la testa: sì sì.
“La malattia ti giova. È studiare che ti avvilisce.”
Mi ha spiegato precipitosamente: no, viveva per studiare.
“Ciao,” ho detto, augurandole di guarire il più tardi possibile.
Questa Romualdi Romina della quarta ora di lezione aveva lasciato in non so quale angolo dei cessi delle donne la spoglia vuota e squallida di Romualdi Romina della prima ora. Adesso se la batteva. Dopo un po', da dietro i vetri della finestra, l'ho vista attraversare il cortile senza giaccone o giubbotto o maglia di lana, ma inguainata nel suo vestito leggero malgrado il freddo. Solo allora mi sono accorto che aveva una gomma da masticare attaccata all'abitino. Nel cambiarsi, doveva essersi appoggiata alla parete del bagno e così s'era portata via il bubblegum che chissà quale sua compagna aveva incollato lì dopo aver a lungo esercitato le ganasce.
Ho aperto la finestra e l'ho chiamata per dirglielo ma non mi ha sentito o non mi ha capito. Parlava già un'altra lingua, la stessa grazie alla quale aveva messo in atto astuti disegni di corpi avvinti insieme all'omaccione in moto, anche lui tutto fasciato da giubbetto e pantaloni, che la stava aspettando non so da quanto, appoggiato al suo mezzo potente.
Che cosa dovevo fare? Un ‘là fuori’ sconnesso mi inviava ogni giorno ora Marcuzzo, ora Corinaldesi, ora Romualdi. Poi se li riprendeva e certe volte nessuno li vedeva più. Per un po' mi sono immaginato che un pezzo della gomma fosse rimasto attaccato alla parete del bagno e che un filo si allungasse per l'atrio, per il cortile, per la strada su cui la moto, ecco, già si stava allontanando. Tirando quel filo, avrei potuto strappare Romualdi dal sellino, riportarla dentro, reincollarla al pezzo di bubblegum rimasto sulla parete del bagno, salvarla dal mondo del disordine, tenerle una lezione su Federico di Svevia mentre agitava braccia e gambe per scollarsi di lì e filarsela. Poi mi sono chiesto: “E

perché?" In base a quale 'dunque', grazie a quale 'sicché'?

Del resto, anche volendo intervenire, non era più possibile. Che Romualdi corresse in parrocchia o verso un amplesso a mezzo tra il consenso e lo stupro, il filo di bubblegum presto o tardi si sarebbe spezzato, proprio come quello che lasciava discendere dal soffitto dell'ascensore di Corinaldesi la più cieca delle fatalità.

È passato di corsa Marino e mi ha gridato: "Ti sei nascosto qui? Il preside è furioso".

Subito dopo mi ha scovato Alessandrini. Era apoplettico. "Ci vuoi far finire tutti sui giornali?" mi ha investito. Tra frasi chiazzate dal sangue agli occhi, ha rantolato a lungo col fiato mozzo. Marino gli aveva riferito che stavo preparando un piano in cui muovevo dalla conoscenza diretta della vita dei giovani nelle discoteche di Rimini e Riccione per passare poi, mettiamo, all'ascesa di Petrarca al Monte Ventoso.

Non solo: Bellora gli aveva confidato tra le lacrime che avevo fatto duri apprezzamenti sulla programmazione didattica da lei coscienziosamente stilata. Era vero? Credevo di far meglio, io che non pianificavo il mio lavoro dal 1978 e progettavo di pianificarlo quest'anno spassandomela in discoteca coi ragazzi?

"Ma no," ho fatto appena in tempo a dire: "Voi fate il possibile. Bravi."

La frase l'ha un po' calmato. "Forse non ti è chiaro che il piano di Bellora l'ho scritto io. Qui non c'è collega di lettere che non abbia adottato il mio piano."

È fatto a questo modo Alessandrini: pensava che avessi osato criticare il piano di Bellora perché l'avevo giudicato roba da Bellora; ed era certo che sarei diventato più entusiasta ora che apprendevo che il piano l'aveva fatto lui.

Sono diventato più entusiasta.

"Si vedeva il polso maschile," ho detto.

Lui s'è un po' confuso per l'improvviso piacere. Si è schermito: "Ma no". "Sì," ho insistito. "Bene," ha sospirato. E mi ha ridato i suoi fogli protocollo: "Copia".

Non voleva scandali. A rabbonire il preside ci pensava lui.

Ho preso il suo piano e l'ho messo insieme a quello che avevo già copiato dalla bozza di Bellora. Tanto erano identici.

"La sto cercando per mare e per terra," mi ha detto il bidello con l'occhio di vetro. E ha ghignato: "C'è posta per lei, oggi. Firmi qui".

Ho firmato chiedendo: "Chi mi scrive?"

"Il preside," ha risposto lui soddisfatto e se n'è andato lasciandomi due buste, una protocollata e una no.

Ho aperto la prima: il preside mi ammoniva a norma di questo e a norma di quello per la mia grave inadempienza. Ho aperto la seconda. No, non mi ammoniva ulteriormente. C'era dentro il piano di Bellora, 4 novembre 1990. Questa volta il preside mi esortava. Mi esortava a prendere esempio da questa collega che, in lacrime, l'aveva scongiurato di perdonarmi. E lui mi perdonava, se la smettevo di macchiare ignobilmente la buona fama della sua scuola. Dodici copie, datate. Entro lunedì.

Sono andato in palestra per calmarmi con un po' di moto. Lì c'è una collega di educazione fisica che custodisce un paio di calzoncini e un paio di scarpe da ginnastica per quando voglio sciogliere i muscoli giocando a pallavolo coi ragazzi. È una collega gentile ed elegante: ogni giorno una tuta da ginnastica di colore diverso. Ne aveva una nera che la slanciava molto. Mi ha detto: "Hai consegnato il piano?"

"Sì," ho mentito.

"Certo l'hai fatta grossa," mi ha rimproverato.

"Sì," ho mentito.

Ho giocato non più di dieci minuti contro Corinaldesi che ha cercato – ripetutamente – di uccidermi schiacciando la palla con vigore. Poi c'è stata la campanella: la quinta della giornata. Dovevo tornare in classe. Mi aspettava l'ora più terribile, la sonnolenta ultima ora, quando gli studenti sono già col giubbotto e i libri nello zaino, la voce è fiacca, la poesia didattica e moraleggiante sbatte contro le pareti e i vetri, cercando la via per tornarmi in bocca. Non mi sono rivestito. Ho attraversato l'atrio, sono passato davanti al portiere che mi ha detto: "Dove vai, cretino, torna in classe," per via delle gambe pelose, credo, e delle scarpe da ginnastica. "Permesso del preside," ho detto. Ma lui mi ha riconosciuto e ha borbottato sbattendo le palpebre anziane: "Ah, è lei. Scusi".

L'ho scusato con un cenno della mano e ho attraversato il cortile. Faceva freddo, mi sono messo a correre. Bellora mi ha visto dalla finestra della sua aula e mi ha chiamato: "Oh!" Quindi mi ha gridato: "Stai molto bene così," per farmi capire che non mi serbava rancore. Anzi mi ha informato a gola spiegata: aveva perorato la mia causa e grazie a lei tutto si sarebbe sistemato.

Dubitavo che avessi una causa. Temevo di aver avuto nel corso degli anni molti terribili effetti.

Le ho detto 'ciao' e ho preso l'autobus.

Avvertenza

Poche cose, prima di chiudere il libro. Il racconto *Forse* figura in un'edizione fuori commercio a cura della Libreria Rinascita di Brescia; ma qui appare con qualche modifica che mi è sembrata necessaria. Va detto, inoltre, che alcune di queste storie non mi sarebbero venute in mente senza il pungolo di "il manifesto", "Tango", "Cuore", "Insegnare", "Italiano e oltre", "Rossoscuola", "Scuola-notizie", dove in questi anni ho stampato annotazioni e abbozzi. Per ultimo: "io" non sono io. Niente di ciò che ho raccontato qui mi è realmente accaduto. Se fatti e persone dovessero sembrare reali, la colpa è tutta della realtà.

D.S.

Indice

Stampa Grafica Sipiel
Milano, febbraio 1992

0003477
D.STARNONE
FUORI REGISTRO
4a EDIZIONE
FEBBRAIO 1992
FELTRINELLI EDITORE
MI.